Vorwort:

Lieber Leser (machen wir uns nichts vor, du wirst männlich sein, denn Frauen sind viel zu intelligent um so was Unnützes zu lesen, aber das sollten wir Männer denen nie sagen!):

„Gibt es keine obere Grenze, wie bekloppt man sein kann"?

Nein, anscheinend nicht!

Ich- waschechter Däne – schreibe

- ein Buch auf Deutsch
- über die Gründe dafür, warum Deutschland 2008 Europameister wird, und
- warum das auch absolut verdient sein wird!

Das alles in der naiven Hoffnung, das würde jemanden ausser mir und meinem Vater interessieren?? Das ist doch wirklich nur hauchdünn an einer Diagnose vorbei – wenn überhaupt ! Vielleicht würden Psychologen auch zu dem Schluß kommen, das Ganze beruht auf einen tiefen Bedarf nach Frustbewältigung, da Dänemark nicht dabei ist. Völlig falsch wäre das sicher nicht, denn nach der verpassten WM Teilnahme bei euch sitzt diese erneute verpasste Qualifikation tief!.

Wie auch immer, dieses Freizeit-Projekt hat mir sehr viel Spaß gemacht und ich hoffe euch auch beim Lesen!

Woher kam die Inspiration? Als ich im Auto saß in Deutschland und mal wieder RSH oder NRD 2 hörte, als ich unter der Dusche stand, wenn ich mit meinem Sohn Fußball spielte, die Ideen kamen immer dann, wenn ich nicht darüber nachdachte. Komisch, oder eventuell normal? Ich habe es auch anders rum versucht: Mich hinzusetzen und mir gesagt: „So, jetzt schreibst du". Die Seite blieb meistens leer. „Inspiration auf Kommando" – das scheint nicht zu funktionieren. Und wann, lieber Leser, holst du dein Projekt aus der Schublade? Ich kann es nur empfehlen, sonst sitzt man irgendwann im Altenheim und bereut die verpassten Chancen.

In der Wirtschaft, wo ich mein tägliches Brot verdiene, spricht man von der Wichtigkeit zwischen Geschäftspartnern die Erwartungen an einander abzustimmen, um Enttäuschungen zu vermeiden. Was kannst du also, lieber Leser, von diesem Buch zu Recht erwarten und was nicht?

- Sachlichkeit? Überhaupt nicht!
- Quellenkritik? Ganz und gar nicht!
- Objektive Berichterstattung? Nicht mal im Ansatz!
- Humor und Ironie aus der Distanz? JA!.

All zu oft bestehen die Nachrichten aus Katastrophen und Tragödien. Zu selten aus Geschichten, die uns zum Schmunzeln bringen.

Dabei wäre das DER Ansatz und DAS Ziel dieses Buches. Ich meine, ich hätte auch relativ wenig gegen einen Millionen-Gewinn dieses Buches oder gegen eine Nominierung zum Nobel-Preis. Ich fürchte aber, eher hört der Gottschalk bei „Wetten dass" auf oder wird aus Thomas Schaaf ein echter Witzbold!

Glück auf ihr Adler Jungs und an euch liebe Leser, viel Spaß beim Lesen und nicht vergessen: Spielt Fußball mit euren Kindern !

Troels Klausen

2

Hobbyautor, verschmähtes Riesentalent und Fan des deutschen Fussballs!

Impressum

2008 Troels Ravn Klausen

Herstellung und Verlag: Books on Demand GmbH, Norderstedt

ISBN: 9783837005844

Bibliographische Information der Deutschen Nationalbibliothek. Die Deutsche Nationalbibliothek verzeichnet diese Publikation in der Deutschen Nationalbibliografie; detaillierte bibliografische Daten sind im Internet über http://dnb.d-nb.de abrufbar

Über den Verfasser

Baujahr 1967, verheiratet, 1 Frau, 1 Sohn, 1 Hund, wohne in Silkeborg, Freiberufler. Spiele Tennis und Squash, habe ein Mal Marathon gelaufen (Berlin 1993, weil mir ein Witzbold sagte, da triffst du die Mauer nicht mehr! Keine Ahnung hatte er, er soll es selber mal versuchen, das tue ich nie wieder!). Fußball gucke ich gerne im Stadion oder – immer öfter - im Sofa. Ich lese gern und zur Pflichtlektüre gehört jede Woche Sport Bild. Täglich klicke ich mehr mals bei welt.de vorbei und Spiele der Nationalmannschaft werden im Ersten oder im Zweiten verfolgt. 1991-1992 lebte ich in Deutschland, erst 6 Monate in Stuttgart, danach 5 Monate in Suhl, Thüringen. Eine tolle Zeit! Danach lebe ich von, mit und unter Deutschen. Und das gerne!

Grosser Fan des deutschen Fussballs. Andere schwerwiegenden Macken: Fahre als Mann freiwillig ein Huyndai Getz 1.1 und trinke kein Bier! Politisch ganz leicht einzuordnen: Ein halb-grüner Liberalist mit ein paar sozialdemokratischen Vorlieben! Veröffentlichte im Herbst

2006 das Buch „Die Selbstlähmung Deutschlands –
Diagnose eines Dänen". Guckst du bei www.ichmageuch.dk
vorbei. Ein Riesenerfolg!. Okay, kaum Leser und kaum
Auflage, aber von denen die es gelesen haben, waren einige
begeistert!.

Meine eigene Fußball-Karriere: Genau so wie du, lieber
Leser, war ich ein Riesentalent. Quasi ein Franz
Beckenbauer des Nordens! Du ja auch, ich weiß, wir sind
somit Brüder im Geiste. Nur das unglaubliche und groteske
Schlendrian des Scoutingssystems unserer jeweiligen
Verbände ist es zu „verdanken", daß wir nie entdeckt
wurden! Man müßte dagegen klagen können! So wie ich
euch kenne, liebe Deutsche, habt ihr sicherlich eine Behörde
für so was „Ministerium für Bürger-Beschwerden über
schlampriges und amateurhaftes Arbeiten des Deutschen
Fußball Bundes" müßte sie heissen, denn ihr liebt ja
einfache Namen und Sätze!

Na ja, aber was soll es, jetzt ist es definitiv zu spät, wir sind
alle zu alt und ungefähr so austrainiert wie ein Mario Basler
in „Bestform", und als Montagstrainer lebt es sich eigentlich
auch ganz bequem, oder?. Ich meine, unsere Theorien über
dieses und jenes müssen sich halt genau so viel mit der
Realität beschäftigen wir die des Herrn Gysis ! Die lästige
Realität holt uns nie ein, ist doch bequem! Darüber hinaus:
Stellen wir uns vor, das Ministerium würde dir recht geben,
dann müßte der DFB dich einladen und du müßtest
mittrainieren– cool, oder doch nicht? Mit deinem Bierbauch
(habt ihr auch T-shirts wie unser „Hier baut Carlsberg"?) mit
Ballack und Co trainieren – ich meine, die ersten 19,5
Sekunden wirst du allein wegen deiner hervorragenden
technik eine tolle Figur abgeben, aber danach??

Ich bin sowohl privat als beruflich sehr oft in Deutschland.
Mich fasziniert euer Land einfach, und das seit 30 Jahren.
Auch unsere Reise im Oktober 2008 nach Malta ist durch
Neckermann gebucht, der Nutella im Schrank ist bei euch

4

gekauft und bei Fielmann kaufe ich die Flüssigkeit für meine Linsen.

In den 70érn fing meine Beziehung zum deutschen Fussball an. „Die Sportschau" im Ersten um 18.00 Samstags. Papa, Bruder und ich haben uns die Sendung im dänischen Kolding angeguckt und Mama musste mit dem Essen warten. 2-3 Spiele gab es, das war es. Fassbender am Mikrofon, keine Werbung, Klasse! Und die deutsche Nationalmannschaft habe ich auch damals verfolgt: Rummenigge, Hrubesh, Loddar, Völler, Schumacher, tolle Erinnerungen. Nur der Amoklauf von Schuhmacher bei der WM 1982 war keine schöne Erinnerung. Und auch das elende Ballgeschiebe gegen Österreich im gleichen Turnier war wahrlich kein ästetischer Höhepunkt.

DAS ZITAT!

Aber kommen wir zur Sache. Ihr kennt den „alten" englischen Mittelstürmer Gary Lineker (Note bei der Rumpel-Skala: „Bekannter des Balls – mehr dazu später")? Ja sicher.

Fangen wir also mit dem berühmt-berüchtigten Lineker-Zitat an:

„Fußball ist, wenn 22 Mann dem Ball hinterher rennen, und am Ende gewinnen die Deutschen—*und zwar VERDIENT*"!

Ja, lieber Gary Lineker, es wird langsam Zeit deinen alten Spruch zu modernisieren bzw ergänzen. Ich habe dein Zitat um die 3 Wörter „und zwar verdient" ergänzt – das nimmst du mir hoffentlich nicht übel? Alles hat eben seine Zeit, wir glauben ja auch nicht mehr, daß die Erde flach ist, und genau so hat dein Zitat im Jahre 2008 einfach den Bezug zur Realität verloren. Und zwar komplett! Ich meine, die Aussage an sich wird im Sommer 2008 stimmen, aber die Unterstellung daß es unverdient ist, nicht. Mehr dazu später.

Die Deutschen freuen und amüsieren sich – glaube ich zumindest – seit Jahren über den Spruch – aber ein bißchen hat es euch doch gestört, diese ständige Anspielung auf die Qualität eures Spiels und die ewige Diskussion „Verdient-unverdient", oder? Die Ergänzung werdet ihr deshalb mit Wohlwollen zur Kenntnis nehmen.

Gary, alter Striker, nach welcher englischen Niederlage (du hast ja ein paar miterleben dürfen) gegen die Deutschen hast du eigentlich den Spruch formuliert? Ich weiß nicht, ob es zwischen den Weltkriegen, als du gekickst hast, gestimmt hat, aber 2008 ist der Spruch definitiv reif für eine Ergänzung. Aber das ist halt so mit dem Volksmund. Die Vorurteile halten sich länger als die Realität dies hergeben, oder sind alle Schwaben 2008 wirklich Geizkragen? Das sagt ihr denen ja nach, aber ob es stimmt, bezweifle ich doch stark. Die können ja bekanntlich alles, außer Hochdeutsch, also Geld ausgeben gehört wohl dann in der Kategorie „alles", oder? Genau so mit diesem Lineker-Spruch – längst überholt.

Mag sein, daß es irgendwann gestimmt hat oder auch nicht, aber heute zu behaupten, die Deutschen spielen nicht gut und sind so wie so immer nur glücklich, das geht an der Realität derart vorbei und hat den gleichen Wahrheits-Grad wie die Behauptung, die BVB Fans würden die S04 Fans lieben oder daß der Hakan vom Comedy Show „Was guckst du" auf Sat 1 ein durchaus umgänglicher und friedlicher Typ wäre! Oder daß es in Italien keine Mafiosis gibt! Siehst du, das paßt nicht zusammen, und genau so wenig stimmt deine Behauptung 2008! Die Germanen spielen einfach gut und offensiv und das seit Jahren! Basta!

Du - good old Gary (was machts du eigentlich derzeit, Pubbesitzer, oder?) - wirst es nicht gerne lesen, aber ich als Däne sage klipp und klar: Die Deutschen spielten 2006, 2007 und spielen 2008 erheblich attraktiver als die Briten, die Italiener oder die Franzosen – und zwar zusammen!. Für mich und viele andere waren die Deutschen bei der WM 2006 eindeutig die beste Mannschaft! Und den mit Abstand „schönsten" Rumpelfußball in seiner Ur-Form des Kontinents spielen die Briten und das seit Jahren!. Ob da der neue Italiener viel bewegen kann – abwarten, ich hätte aber nichts dagegen, denn irgendwie gehören die Briten doch zum Stamminventar eines großen Turniers. Oder wie bewertest du das - lieber Leser ?

Beim Original-Spruch war die Unterstellung doch immer die, daß die Deutschen immer glückliche Siege eingefahren haben. Die Gegner spielten schön, attraktiv, riskant und offensiv, und die Deutschen spielten defensiv, unattraktiv und kalkulierend – kurz einen klassischen Rumpelfußball nach der Beckenbaurschen Definition - und hatten nur mit sehr viel Glück zum Schluß die Nase vorn. Hmm, ein schwieriges Kriterium im Fussball, dieses „Verdient-Unverdient". Was heißt das überhaupt, und wie um Gottes Willen soll man das messen?

Am Ballbesitz? Dann würde eine Mannschaft „gewinnen", die 75% Ballbesitz hat aber derart „brotlose Kunst" produziert und nie gefährlich vor dem Tor des Gegners auftaucht? Auch nicht fair.

An der Anzahl der Chancen (die dann alle kläglich vergeben werden)? Auch das geht nicht, Tore zählen nun mal und das in allen Sportarten.

Am ästetischen Eindruck, den das Spiel einer Mannschaft hinterläßt? Hmm, schwierig, was genau sind die Kriterien und was zählt mehr: Ein Hackentrick, ein Fallrückzieher oder doch ein „Tunnel"?

Und noch wichtiger - wer sollte das prüfen? Die beiden Trainer? Die Stiftung Warentest? Der TüV oder der Kaiser?

Nebenbei: Wie kann es unverdient sein, wenn man bis zum Schluß alles gibt? Wenn man sich immer und immer wieder selbst aufrichtet und weitermacht? Wenn man einen starken und unbeugsamen Willen hat? Wie kann es sein, daß eine Mannschaft angeblich ohne Qualitäten, zum widerholten Mal gerade bei Turnieren erfolgreich spielt? Richtig, es kann eben nicht sein, es sei denn, alle anderen sind noch schlechter!. Ich habe großen Respekt vor der Fähigkeit im richtigen Moment seine optimale Lesitung abrufen zu können. Diese Fähigkeit kann man im Sport gar nicht hoch genug einschätzen.

Glaubt mir, ich habe hier oben manche Schlacht geschlagen, bei der ich die Meinung mancher meiner Landsleute „Die Deutschen haben immer Glück" und „Die Deutschen spielen einen stereotypen und langweiligen Maschinenfußball" anzweifelte. Beispiel: Champions League Endspiel 1999 Bayern-ManU. Bayern eindeutig besser, hat die besseren Chancen und dann in der 92. und 94. Minute. Aber ich gebe zu, wirklich erfolgreich war ich nicht, die Einstellung ist im Königreich weit verbreitet. Ob es ein dänisches Minderwertigkeitssyndrom ist? Ich glaube ja.

Aber, jetzt ist trotzdem Bewegung in die Sache gekommen. Seit der WM 2006 ist die Auffassung auch hier im Norden in die Defensive geraten– Gott sei Dank. Auch die Dänen haben mit eigenen Augen gesehen, daß zwar die Pizza-Jungs gesiegt haben, aber die Mannschaft die nach vorne spielen wollte, und zwar kompromislos, war die deutsche. Kein Kalkül, keine „Nur kein Risiko eingehen" Strategie. Das hat gedauert, aber irgendwann drängt sich die Realität auch beim härtesten Widersacher (=darunter leider manche Dänen) doch auf. Und bei dir Gary?

Apropos Spielweise: Darüber ärgere ich mich immer wieder bei den Italienern – sie haben alle Möglichkeiten, offensiv und glanzvoll zu spielen, sie sind alle sehr gute Freunde des Balls, und machen mit ihm was sie wollen. Technisch sind sie wie die Brasilianer. Gattuso ist vielleicht eine Ausnahme. Seine Eleganz läßt sich am besten mit der von Hans Peter Briegel vergleichen! An sonsten können sie es alle, aber all zu oft spielen sie sehr kalkulierend und defensiv. Vorne ein Tor machen, und dann auf Nummer sicher gehen. Ist das bei denen in den Genen drin, oder ist das eine Folgeerscheinung der vielen Pizzen? Oder hängt das etwa mit übertriebenem „Fiat-Fahren" zusammen? Quasi eine bisher unbekannte Nebenwirkung? Ich weiß es nicht, hast du da neue Erkenntnisse, lieber Leser?

Auf der anderen Seite ist auch klar, daß ihr auch nicht immer wie die Samba-Kicker gekickt habt – bei allem Respekt, das stimmt schon, man denke nur an den guten Guido Buchwald, Hans Peter Briegel oder auch Oliver Bierhoff – „absolute Fussball-Ästheten" ist kaum das erste Prädikat, das einem bei den genannten Herrschaften einfällt. Ich behaupte mal, sie waren im besten Fall sehr ferne Bekannte des Balls – (mehr zu dieser Kategorisierung später) aber die deutschen Mannschaften hatten eben andere Qualitäten. Bitte bemerkt, das Verb steht bewusst in Vergangenheit.

Denn eure Elf von heute verfügt über eine Menge Spielwitz: Man denke nur an Spieler wie ein Bernd Schneider, ein Philipp Lahm, ein Ballack, ein Klose oder ein Borowski. Da ist eine Menge spielerische Qualität vorhanden. Hervorheben würde ich ein Mann, der meiner Meinung nach oft unterschätzt wird: Der Bernd Schneider ist für mich ein Klassespieler, er wird für meine Begriffe sehr unterschätzt. Er macht viele tollen Dinge auf dem Platz, wählt fast immer die richtige Lösung und liest das Spiel super. „Was er macht hat Hand und Fuss" wie ihr sagt.

Wie gesagt: Ich wäre sehr für diese Umschreibung, ich werde mich dafür einsetzen und stark machen z.B. durch dieses Buch. Eure britischen „Freunde" kaum. Ihr dürft ja aber jetzt über die lästern, denn sie gucken sich die EM vor der Glotze an. Für mich aber Schade – nüchtern gesehen gehören sie einfach dazu.

Der DFB

3 x Weltmeister, 4 x Vize-Weltmeister, 3 x Europameister und 2 x Vize-Europameister. Sag mal, habt ihr euch das olympische Motto gar nicht verinnerlicht – „dabei sein ist wichtiger als siegen"? Offensichtlich nicht. Gegen diese Titelansammlung ist unser 1 EM-Titel herzlich wenig-zugegeben.

Aller Anfang ist schwer – die berühmte deutsche Kleinstaaterei machte es schwierig. Erst ein außerordentlicher DFB Bundestag konnte 1908 festlegen welcher Verband Spieler für welchen Posten zu stellen habe. So kann man das in „Leidenschaft am Ball" nachlesen. Alles begann 1908 mit dem ersten Länderspiel gegen die Eidgenossen. Die Freunde des gelöcherten Käses gewannen vor 4000 Zuschauern in Basel 5-3. Seit dem habt ihr aber in 48 Spielen 35 mal gegen die Schweizer gewonnen. Kuriosum: Auf der Bank saß 1908 kein Trainer! Heute werden die Bänke immer länger, um Platz für die ganzen Trainer, Manager, Fitnessgurus, Psychologen, etc zu machen. Nur eine Frage der Zeit bis sich auch die Ehefrauen der Trainer und Spieler auf der Bank bequem machen. Wie wäre es demnächst z.B. mit der Verena neben dem bayerischen Wurstfabrikanten beim FCB? Oder fliegt der Uli sogar auf die Tribüne, wenn der Klinsi und sein Riesen-Stab da ist?

Angeblich gab es 1908 beim Spiel gegen die Eidgenossen auch keine gemeinsamen Anreise. Jeder stieg in seiner Stadt auf dem Zug und stieg in Basel aus. Stellt dich vor, der Löw sagt im Sommer zu den Spielern „okay, ihr fahrt selber hin, wir sehen uns in Stadt x zum Spiel!". Dann müßten wir darauf hoffen, daß die Spieler in der Schule beim Fach „Geographie" zugehört haben.

11 Spieler aus 11 Vereinen waren 2008 dabei. Sie vertraten tolle Vereine wie Germania Berlin, Cricket-Victoria Magdeburg oder Köln 99. Wo sind sie geblieben? Ich habe mal im Internet gegoogelt – VfL Köln 99 gibt es immer noch – „dat kölsche Orginal" nennen sie sich. Nur mit den Nationalspielern hapert es derzeit – auch beim grossen Bruder 1 FC. Aber da arbeitet der Daum ja daran – mal schauen wie sich das entwickelt.

Das erste Heimspiel einer DFB-Auswahl war dann auch 1908, in Berlin gab es ein 1-5 gegen England. Das dritte Spiel 2008 ging gegen Österreich 2-3 auch daneben. Ein Traumstart sieht anders aus. Auch 1909 gab es eine Klatsche – 0-9 gegen die Engländer. Dabei war DFB-Präsident Hinze Linienrichter. Das ist doch eine klasse Idee Herr Zwanziger – Sie als Linienrichter im Sommer!

Auch der DFB an sich hat sich seit dem Anfang in Leipzig 1900 mächtig entwickelt. Damals gründeten 86 Vereine den DFB, heute gibt es etwa 26.000 Vereine, eine riesige Zentrale in Frankfurt und enorme DFB-Bundestage werden organisiert.

Was geblieben ist, ist aber die sehr lobenswerte Fähigkeit, sich als Teil der Gesellschaft zu sehen und sich dementsprechend zu verhalten.

Der DFB unterstützt neben diversen Stiftungen auch Kinderheime in Mexico und auf der Startseite vom DFB gibt es ein Link „Soziales Engagement" – das sucht man vergebens auf der Webseite unseres Verbandes – das spricht eindeutig für euch!. Überhaupt mag ich eure Spendenbereitschaft und euer soziales Engagement! Auch das habe ich in meinem ersten Buch aufgegriffen.

Auch den Integrationspreis des DFB´s ist als sehr lobenswert hervorzuheben – gerade in diesen Jahren. Die Fähigkeit, über den Tellerrand schauen zu können ist eine, die das

Miteinander sehr erleichtert und ohne die sähe manches komplizierter aus, als es ohnehin schon ist..

Wenn man aber unbedingt ein Haar in der Suppe finden will, dann wird man auch beim DFB fündig. Das einzige was mich da ein klein wenig stört, sind ein paar Partner vom DFB. McDonalds und Coca Cola. Hmm, ich wäre eher für CMA und Hohes C! Ich meine, an Übergewichtige mangelt es wohl auch nicht gerade momentan zwischen Flensburg und Garmisch, oder? Nicht daß ich nicht auch mal zu McDonalds und Coke greife, das tue ich, aber wirklich gesünder macht mich das Zeug nicht und gerade deshalb finde ich es unangebracht, diese Firmen als Sponsoren zu haben im Falle von DFB. Aber auch Ballack wirbt ja für das Zeug – ärgerlich. Lieber Herr Zwanziger – Sie brauchen dringend neue Sponsoren! Raus mit dem elenden Junkfood, rein mit was Vernünftigem! Auch wenn es ein paar Cent kosten sollte.

Von den 7,5 Mio Euro Antrittsgeld (!), könnte der DFB locker 1 Mio spenden, das ist meine Meinung. An die Initiative „Gut für dich" z.B. von Metro Group. Mehr Bewegung, gesünder essen. Das ist eine Botschaft, die für die Kinder von heute eminent wichtig ist. Übrigens: Erzielt die DFB-Elf 6 Punkte in der Gruppenphase kommen 2 Mio Euro dazu. Fairerweise muß ich anführen, daß der DFB im November 2007 533.650 Euro für soziale Zwecke gespendet hat – Geld das als Vertragsstrafen eingenommen wurde. Gut so!

Die EM Geschichte Deutschlands

Die EM ist eine relativ junge Veranstaltung – sie fing 1960 im Kleinen an. Großmächte wie die Niederlande, England, Italien oder auch Deutschland nahmen nicht teil. Der gute Herberger war angeblich der Auffassung, die 4 Jahre zwischen den Weltmeisterschaften bräuchte man, um in Ruhe sein Team zufzubauen. Gut, daß der Mann keine englischen Wochen oder Qualifikations-Runden mit 12 Spielen erleben musste!

Sein Argument verstehe ich grundsätzlich, Aufbauarbeit und Pflichtspiele harmonieren nicht unbedingt, da ist was dran, auf der anderen Seite zeigt der Jogi, daß es geht! Er scheint wirklich die Zauberformel gefunden zu haben: Testen ja, aber auch gewinnen! Hut ab davor, denn so einfach ist das gar nicht, könnte ich mir vorstellen! Der einzige wirkliche Ausrutscher in seiner „Regierungszeit" war wohl das Comeback des Rumpelfussballs gegen Tchechien im Oktober 2007! Ein Punktspiel, ja, aber wohlgemerkt nachdem die EM-Qualifikation unter Dach und Fach war und es deshalb nur um die berühmte „Goldene Ananas" ging!.

An der Endrunde nahmen 1960 4 Teams teil. Das war übrigens bis 1980 der Fall, in diesem Jahr verdoppelte sich die Zahl der Endrunden-Teilnehmer. Ab 1996 gibt es dann 16 National-Mannschaften, die mitspielen dürfen. 5 Mal stand ihr im Endspiel, 2 Mal habt ihr den Kürzeren gezogen.

Seit 1968 nimmt ihr an der Qualifikation teil. In diesem Jahr ging das aber derart in die Hosen. Ihr habt es nicht in die Endrunde geschafft. In meinem Geburtsjahr 1967 habt ihr es in Tirana gegen Enver Hoxha (spielte links aussen – sehr weit links aussen wie Lafontaine) und Co nicht über ein müdes 0-0 hinausgebracht und die Qualifikation war dahin. Seit 1972 habt ihr euch aber immer für die Endrunde qualifizieren können, 9 an der Zahl. Damit seid ihr auch bei den Teilnahmen Spitzenreiter! Hut ab!

Dennoch müssen wir auch ein Wort über die traumatischen deutschen EM-Ereignisse, die ihr mit euch schleppt, verlieren. Welche sind es?

Der Nachtschuss von Uli Hoeness 1976 in Belgrad (hat jemand den Ball gefunden?) ist ein solches und die Niederlage in Stockholm 1992. Dazu später mehr. Aber auch der Sieg der Holländer (ausgerechnet gegen die!) 1988 auf ur-germanischem Boden war und ist schmerzhaft. Ich habe es noch vor Augen, wie der van Basten im Halbfinale den „Fußballgott" Kohler in der 89. Minute alt aussehen liess und traf! Schade eigentlich, daß so was hängen bleibt, denn er war nicht nur ein guter Fußballer (na ja, der Ball gehörte vielleicht nicht zum engsten Freundeskreis von ihm) aber zumindest war er ein sehr guter Manndecker und auch ein sehr sympathischer Mensch. Ich meine, kennen tue ich ihn ja überhaupt nicht, aber das ist bis heute mein Eindruck. Und die Rechnung mit van Basten wurde dann 2 Jahre später im WM Achtelfinale in Italien beglichen. Gut so!

Am meistens weh tut aber eventuell der Gipfel des klassischen Rumpelfußball bei der Euro 2000. Das war Rumpel-Fußball in der Ur-Form. Das ist ja schwierig, die „Kunst-art" Rumpelfußball bis ins Detail zu beschreiben, aber dann einfach die Video-Kassette mit den 3 deutschen Spielen bei der Endrunde 2000 auflegen, dann kapiert es auch der Letzte!. Da habt ihr unter Sir Erich gespielt wie eine Dorfmannschaft – einfach jammerlich. 2004 war auch nicht berauschend, aber erheblich besser als 2000.

Alles in allem habt ihr 32 EM-Endrunden Spiele bestritten, 15 Siege, 10 Unentschieden und 7 Niederlagen sprangen dabei heraus. Das macht euch zum Spitzenreiter (gut geschafft für ein Land ohne Klasse-Fußballer!) der ewigen EM-Tabelle mit 55 Punkten und 45-32 Toren. Das macht pro Spiel 1.41 Tor, die Schweizer und die Norweger haben 0,33 Tore pro Spiel geschafft! Akute Torgefährlichkeit sieht anders aus! Die Ösis haben es übrigens 2008 zum ersten Mal überhaupt „geschafft" sich für eine EM zu „qualifizieren" – Hut ab vor dieser Lesitung der Alpen-Kicker! Stellt dich vor, die schaffen gegen euch den ersten Punkt! Dann dreht der DJ ÖTZI doch völlig durch !

Und die Schweizer waren 2 Mal dabei und haben stolze 2 Punkte auf dem Konto!

Nebenbei bemerkt: Der Gedanke, die Endrunde in „Fussballentwicklungsländern" auszutragen, finde ich übrigens richtig und symphatisch! Ein dickes Lob an die UEFA! Nach diesem Kriterium müßten wir Dänen auch bald dran sein! 2016 z.B. Wenn wir uns dann bei der Bewerbung mit Fußball-Exoten ersten Ranges wie die Norweger zusammentun, dann dürfte definitiv kein Weg an uns vorbeiführen.

Und eure ganz besondere Freunde, die Holländer, waren 7 Mal dabei und haben 50 Punkte landen können! Die grossen Engländer liegen mit 28 Punkten auf Platz 9, nur ein Platz vor uns.

Aber jetzt, lieber Leser, jetzt ist es so weit. Ich verrate euch jetzt einen bisher völlig unbekannten Komplot, der es in sich hat. Ich weiß, diese Entlarvung wird für Unmut bei euch sorgen. Die „unschuldigen und sauberen" Dänen haben uns hinters Licht geführt? Kann das sein?

Ja, und so war das:

Warum hat Deutschland 1992 das Finale gegen uns verloren?

Ich weiß, lieber Leser, die Frage hast du dich auch 100 Mal gestellt! Hattet ihr einfach kein Glück oder kaum auch Pech dazu? War das Fehlen von Loddar beim Turnier doch ausschlaggebend? War wieder der Berti Schuld? Oder der Kohl?

War es die dänische „Spassgesellschaft", wie das Jubiläumswerk vom DFB „Leidenschaft am Ball" meint?

Weit gefehlt. Alles nur Ablenkungsmanöver. Mit Pech hatte das nichts zu tun, dahinter steckte kalter Kalkül und ein Plan, den nicht mal Egon Olsen von unserer beliebten „Olsen-Bande" (kennst du die? Sie haben in der BRD sogar einen Fan-Club – www.olsenbandenfanclub.de – klasse!) hätte besser ausdenken können!.

15

Du wirst es kaum glauben, aber hier ist die ungeschminkte Wahrheit.

Flemming Poulsen, der ehemalige BVB Stürmer, hat im Auftrag unseres Fussballverbandes auf dem Oktober-Fest 1991 im Zelt von Karl Heinz Wildmoser den Uli Hoenes quasi bestochen, den Søren Lerby als Trainer beim FCB einzustellen!. Hintergrundsinfo: Die Bayern spielten von Anfang an einen Grotten-Fussball in dieser Saison, eine absolute Seuchen-Saison war das.

Folgender Dialog hat im Zelt stattgefunden:

Uli: Grüss Gott, Flemming, trinkst du einen Paulaner mit mir oder doch lieber ein Kronen Pils? Wenn der Karl Heinz überhaupt so ein Zeug auf Lager hat? Sag mal Karl Heinz, hast du Westfalen Bier auf Lager?

Karl Heinz: Was ist das für eine komische Frage, Uli? Wo sind wir denn, in Dortmund? Zuletzt hat der Werner „Beinhart" danach gefragt. Aber da bleibe ich bayerisch stur: Bei mir im Zelt gibt es nur bayerisches Bier, aber reichlich! Und überhaupt Uli, ich habe keine Zeit, ich mache gerade ein paar krumme Geschäfte!

Flemming: Okay, ein Paulaner dann.

Uli: Was machst du in München Flemming – suchst du das Tor, das du anscheinend beim BVB nicht mehr findest, he, he?

Flemming: Ne, bin halt gerne auf die Wies´n , obwohl´s in München ist.

Uli: Ist auch schön hier. Pause. Sag mal, was macht unseralter Antreiber, der Søren Lerby eigentlich?

Flemming: Nicht viel, es läuft nicht rund mit seinen Wurst-Geschäften in den Niederlanden.

Uli: Schade – Pause. Weisst du, ich könnte ihn in meiner Wurstfabrik in Nürnberg einstellen, als Antreiber in der

Produktion so wie früher im Mittelfeld. Ich meine, ein Mal Antreiber, immer Antreiber..

Flemming: Hmm, oder als Trainer beim FCB einstellen. Ihr spielt ja momentan einen unterirdischen Fussball und der Jupp kriegt nicht mehr die Kurve, oder?.

Uli: 5 mal Hmm gefolgt von 5 mal Hmm! (Er war völlig überrascht und schwer am Überlegen, denn von Uli stammt ja der Satz: „Wo Lerby ist, ist der Erfolg"!)

Nach weiteren 5 mal hmm, dann: „Okay, rufen wir ihn an. Uli ruft an

Søren: Hey, Lerby

Uli: Hallo Søren ich bin es, der Uli, wie geht es dir, du alter Linksfuss?

Søren: Hey Uli, det geht gut, nur de fleisch von des geschäft optimal net lauft.

Uli: Das höre ich gerade von Flemming Poulsen, der neben mir sitzt.

Søren: Echt, das Flemming sitzt neben dich? gib mir ihn (Uli überlässt Flemming das Telefon).

Flemming: Hej Søren, din gamle kødhandler, hvordan skærer den?

Søren: Tja, det kunne gå bedre

Flemming: Hmm. Nå, men jeg er ved at skaffe dig et job som træner for Bayern München!

Søren: Hvad siger du?

Flemming: Ja, den er sgu god nok, du får lige Uli igen. Uli kriegt das Telefon wieder.

Uli: Du Søren, hast du Bock auf den Trainer-Job beim FCB?

Søren: Ja, klar. Wann fange ich an?

Uli: komm in mein Büro am Montag, dann besprechen wir die Details. Aber bis dahin stillhalten, ok?

Søren: Ok – bis dann.

Das ist voll aufgegangen, am 9/10 1991 trat Lerby an der Säbener Strasse an. Damit keine Missverständnisse aufkommen, ich hätte was gegen Lerby: Als Spieler war der Lerby ein ganz Großer, ein Riesen-Antreiber im Mittelfeld, fester Bestandteil unserer legedarischen 80ér Mannschaft – Danish Dynamite, der wir immer noch schwer nachweinen, gerade jetzt mit unserer jetzigen „erstklassigen" Rumpel-Mannschaft!. Keine Diskussion, aber als Kommunikator war er (auf Deutsch zumindest) nicht unbedingt ein Großer!

Sein dänisch/deutsch/niederländisches/friesiches/sorbisches Kauderwelsch hat (hatte Lerby der gleiche Deutschlehrer wie Trap, Ristic und „Lebbe geht weider" - Stepanovic?) die armen Spieler des FCB´s derart verunsichert, dass sie zum Schluss einen Pass von einem Roten auf einem anderen Roten über 5 Metern nicht hinkriegten und fast abstiegen! Mit den Worten der Rumpel-Skala mutierten „enge Freunde" des Balles zu „Ferne Bekannte des Balls"!

Im März 1992 wurde es zwar selbst Lerby-Fan Uli Hoeness zu viel, und er schickte Lerby, nicht in die Wüste, sondern zurück in die Niederlande, aber da war seine Mission aus dänischer Sicht längst erfüllt. Völlig von der Rolle fuhren die FCB-Spieler zur EM und verloren im Endspiel gegen ein Land, das weniger Menschen zählt als der DFB Mitglieder!

Es kam der adelige Ribbeck, was die Lage beim Rekordmeister auch nicht entscheidend verbesserte.

Nebenbei bemerkt: Ich war mit meinem Kumpel im Gottlieb Daimler Stadion, als der VfB am 19/10 1991 den Bayern mit 3-2 „die Lederhosen auszogen"! Und Lerby war Trainer. Tolle Atmosphäre bei diesem Süd-Derby!

Ein akribisch durchdachter Plan unseres Verbandes, der voll aufgegangen ist. Toll!

Was der Uli dafür bekam von DBU, unserem Verband? Hier herrscht keine vollkommene Sicherheit, aber von Quellen, die normalerweise als komplett unglaübwürdig gelten, weiß ich zu 100%, daß eine neue bahnbrechende Rezeptur für seine HOWE Wurstwaren Fabrik im Fränkischen im Spiel war! Gesponsert von Tulip, unserem großen Wurst-Hersteller.

Na, guckst du schon ein wenig verwundert, oder? Das ist schon eine Überraschung, nicht wahr?

Und das erst 2 Jahre nach der berühmten Aussage eures Kaisers „Es tut mir Leid für den Rest der Welt, aber diese Mannschaft wird auf Jahre hinaus nicht zu schlagen sein." (Nach dem WM-Finale 1990). Aber was soll es, der Franz liefert genau so viele Fehleinschätzungen wie wir anderen, nur bei der Lichtgestalt schmälert das halt irgendwie die Glaubwürdigkeit nicht. Ein faszinierendes Phänomen! Wenn du, lieber Leser, und der Kaiser 50 Bundeligaspiele tippen sollten, gehe ich jede Wette ein, daß du genau so gut abschneidest wie er. Du oder ich kriegen aber keine Anrufe von „Bild" oder vom Fernsehen wegen Job und Riesen-Honorare als Kommentator – ungerecht ist das ! Auch dagegen müßte man klagen können!

So sagte er 2000 bei der EM: „Das war müder Rumpel-Fußball, der streckenweise in Misshandlung des Balles ausartete. Vielleicht war die Veranstaltung mit Deutschland auch nur die B-Europameisterschaft. Das A-Turnier läuft jetzt ohne uns. Irgendwie hätten wir da eh nur gestört"! Recht hatte er hier.

Ein weiteres Zitat des Kaisers: „(nach einem Auftritt der deutschen Fußball-Nationalmannschaft) Wissen Sie, wer mir am meisten leid tat? Der Ball." Na ja, ein Blatt vor dem

Mund hat er nie genommen, ob das gut geht mit Klinsi?? Ich hoffe, ein Restzweifel bleibt aber.

Übrigens: Ich lebte damals in Thüringen, genauer gesagt in Suhl, wo ich und ein Kumpel ein Praktikum machten. Das Endspiel sahen wir uns bei deutschen Bekannten an, zu Hause in deren Wohnstube. Auf der einen Seite freuten wir uns so was von gewaltig (wann werden wir wieder ein Turnier gewinnen??), aber wir sassen zu Hause beim „Gegner" und mussten uns deshalb zügeln. Wobei das Interesse dieser Ostdeutschen eher mässig war. Nur schade, daß wir von der Bombenstimmung zu Hause in den Strassen nichst mitbekamen – soll aber absolut gigantisch gewesen sein. Das war halt unser Sommermärchen! Bevor ich es vergesse, auch an dieser Stelle mein Dank an die Deutsche Telekom, daß uns die vielen Telefonate nach DK gesponsert haben. Die Telefonzelle vor der ehemaligen NVA-Kaserne auf dem Friedberg in Suhl, in der wir wohnten, war kaputt. Wer aber die dänische Vorwahl wählte, telefonierte kostenlos!. Die 0045 war eben eine Art Zauberformel! Eine sehr nette Geste, so haucht man den ohnehin guten Beziehungen zwischen Ostdeutschen und Dänen neues Leben ein. Völkerverständigung in der Praxis, danke noch mals!

Übrigens – eine Fahrt in den Thüringer Wald ist absolut empfehlenswert! Oberhof, der Rennsteig, die Wartburg etc, Perlen mitten in eurer Republik! Warst du schon da, lieber Leser! Wenn nicht, hin mußt du und zwar sofort in diesem Sommer!

Kommen wir zurück zu den Ursachen, warum es für die Germanen warum es 1992 schief und 1996 gut ging?

Ganz einfach: Die Gründe sind im Jahr davor zu suchen und haben auch mit Fußball zu tun. Das Geheimnis ist halt sich näher anzugucken, wer im Jahr vor der EM Deutscher Meister wurde!

1995 wurde Dortmund Meister, also nicht Bayern! Wie 2007, als der VfB den Titel holte! 1979 wurde der HSV Meister und 1971 Borussia Mönchengladbach. Was willst du mehr, das ist „the smoking gun" von dem die Engländer reden, der eindeutige Beweis: Immer wenn Bayern im Jahr vor der EM NICHT Meister wurde, gewann die DFB –Elf im nächsten Jahr die EM. So ist es!

Meine Theorie: Der Nicht-Gewinn der Meisterschaft wurmte den Uli so sehr, daß er die Spieler im Sommer-Trainingslager mit folgendem Speiseplan drohte: „Morgens: Weißwurst mit Kartoffeln, mittags: Weißwurst mit Pasta, abends: Weisßwurst mit Brot! Das ist selbst für bayrische Magen zu viel des Guten (und für ausländische Magen unzumutbar), und deshalb sind sie im Trainingslager und im der folgenden Saison gerannt wie ein kenyanischer Marathon-Läufer!. Ergebnis: Sie waren fitter als jede „Quälix-Truppe" um dann bei der EM eine tragende Rolle zu spielen!. Eine andere interessante These ist die, dass der Uli nach einer verkorksten Saison süffisant den Namen Lorant als Trainer ins Gespräch brachte.

So viel zum Märchen „Vom Strandkorb zum Europameister" Dänemarks!

Apropos Søren Lerby: Als Berater von Van der Vaart machte der gute Lerby sich im August 2007 nicht gerade viele Freunde in der Hansestadt und Umgebung! Richtung Lerby wird von Beiersdorfer kaum eine Weihnachtskarte zu erwarten sein! Ach ja, die Sitten verfallen und Geld verdirbt den Charakter. Das ist so, aber Jammerschade daß mir niemand ein solches Angebot gemacht hat, damit ich meinen einwandfreien Charakter zeigen konnte!

Bundesliga und Nationalteam

Die Deutschen Teams tun sich in Europa schwer, oder sagen wir es mal ehrlich: Sehr schwer! Für eine verwöhnte Fussballnation wie Deutschland muß es ja fast unerträglich sein, sich die ganzen Mißerfolge der letzten Jahre anzugucken! Das kann man am besten mit der Situation vergleichen, daß Bayern sich über Jahre nur für den „Cup der Verlierer" qualifiziert. Auch im Herbst 2007 war das Abschneiden der 3 deutschen Teams in der CL wahrlich nicht das Gelbe vom Ei! Ein amtierender Meister, der nach 4 Spieltagen 0 Punkte hat und nicht mal den 3. Platz erreichen kann. Hmm, das läßt sehr zu wünschen übrig. Ich meine, wer ein mal gegen eine „exotische" Mannschaft verliert, der mag unglücklich verloren haben, aber wer sich wiederholt und über Jahre bis auf die Knochen blamiert, der kann kaum- will er glaubwürdig bleiben - vom Pech reden. Tabellen, die über Jahre geführt werden, lügen nicht. Und die Portugiesen und die Rumänen sitzen euch im Nacken in der UEFA Cup-Wertung!

Das ist ein Thema für sich, und das wird viele Gründe haben.

Der Grund, warum ich das dennoch erwähne, ist dieser: Um so erstaulicher und bemerkenswerter

ist es doch, wie Joachim Löw aus diesen von europäischem Erfolg nicht gerade „verfolgten" Kickern, eine derart selbstbewusste Truppe und Einheit formt! Das muss sehr viel mit seiner Person, seinen Ideen und seinem Konzept zu tun haben, oder sehe ich das falsch? Anders kann ich es mir auf jeden Fall nicht erklären. Du? Ein Vergleich: Unser Handball-Nationaltrainer Ulrik Wilbek hat als Frauen- und Herrentrainer an 10 Meisterschaften teilgenommen und 10 mal hat er Medaillen gewonnen. Wer das in die Kategorie „Zufall" steckt, hat wenig Ahnung.

Fakt ist bei euch: Egal wer bei der Nationalmannschaft fehlt, es rückt halt der Nächste nach, der auch gerade mit seinem

Club gegen ein europäisches Zwerg-Team verloren hat, und siehe da: Im Kreise der Nationalmannschaft blüht er auf und schafft plötzlich den einen Paß nach dem anderen – nach vorne wohlgemerkt -, der sogar des öfteren beim Mitspieler landet!

Das kan man wohl Löw – und vergessen wir seinen Vorgänger Klinsmann hier nicht - gar nicht hoch genug anrechnen, oder? Das hat mit grossen Qualitäten in der Menschenführung und mit einer klaren Fußballphilosophie zu tun.

„Harte Arbeit" wird jetzt mancher als Erklärung heranziehen. Und das gerade bei euch, ihr habt wie wir Dänen eine Vorliebe für harte Arbeit. Beide Völker sind fleißig und das ist auch gut so, um den Wowereit zu zitieren. Sicherlich geht es nicht ohne harte Arbeit, was geht überhaupt heut zu Tage ohne grossen Aufwand und harte Arbeit, aber für mich ist es vor allem eine Frage von

„intelligenter Arbeit".

„Work smarter, not harder" wie die Amis sagen, das ist es, da ist eine Menge dran! Vielleicht hat der Klinsi die These mit über den Atlantik gebracht?.

Ein Beispiel: Ich habe auch irgendwann gelesen, der Löw will keine Fouls von seinen Abwehrspielern sehen. Zitat

"Ziel muss es sein, den Ball zu erobern und nicht einfach nur eine gegnerische Aktion auf Kosten eines Freistoßes zu stoppen."

Löw hat einige Male das ungestüme Abwehrverhalten einiger Abwehrspieler angeprangert. Er will, daß die Abwehrspieler mitdenken und Fußball spielen. Auch wenn die Trainer der Bundesliga das nicht immer gerne hören, sage ich, vollkommen richtig gesehen, Jogi, heute gewinnst du keinen Blumenstrauß mit 4 Kloppern in der Abwehr. Ein Super-Beispiel ist der kleine und flinke Philip Lahm.

Klassespieler! Er spielt und denkt Fussball und das mit links und rechts. Sein Tor im WM Eröffnungsspiel mit seinem angeblich schwachen Fuß, sensationell! Oder ein Mertesacker, dieser lange Bursche, der so gut wie ohne Fouls auskommt. Und das in dem Alter, höchster Respekt! Das hat auch sehr viel mit Fussballintelligenz zu tun. „Antipizieren" nennt man wohl die Eigenschaft, Aktionen des Gegners zu ahnen und sie zu unterbinden, bevor es anbrennt. Eminent wichtig, denn je schneller das Spiel, desto mehr ist derjenige im Vorteil, der die nächste Aktion ahnt. Und daβ das Spiel seit den Tagen von Netzer & Co schneller geworden ist, das dürfte allen klar sein.

Ob das jammerliche Abschneiden der deutschen Teams in Europa am Unvermögen auf und neben dem Platz, an schlechter Technik, an fehlender Spielintelligenz, an der Kanzlerin oder an der UNO oder an was der Teufel weiss was liegt, das weiβ ich nicht, aber ein Umdenken in vielen Bereichen muβ her. Wenn Bierhoff dies dann im Herbst 2007 einfordert, dann bringt das Rudi Völler richtig auf die Palme! Sicherlich kann man über die Art und Weise streiten, das kann man immer im Leben, aber ich sage: Ja, die Wahrheit ist halt unbequem, Rudi! Die deutschen Mannschaften spielten dann zwar im November-Dezember 2007 im UEFA Cup erfolgreich, aber an der Haupttendenz ändert das relativ wenig. Leider!

Löw läβt modernen und offensiven Fußball spielen und das ist gut so! Ball erobern – und zwar regelkonform, nicht durch Foul, und dann ab nach vorne. Der erste Paβ ist eben Richtung gegnerisches Tor statt dieser jammerlichen Querspielerei. Rudi – so sehr ich ihn schätze - stand für mich eher für defensiven, wenig attraktiven Fußball. Da ging es eher darum, die Anzahl der einigen Fehler zu minimieren, als darum Fehler des Gegners hervorzuwingen durch offensiven Tempofuβball. Irre ich mich, oder siehst du das auch so?

„Als Trainer muß du mit dem Material arbeiten, was da ist" wird er dann sagen. Stimmt, aber ich denke, der Trainer kann durchaus Einfluss nehmen und eine Richtung vorgeben. Und so grundverschieden ist das Spieler-Material heute auch nicht verglichen mit den Spielern, die Rudi zur Verfügung standen. Wobei der Rudi als Person mir sehr sympathisch ist, diese Art der beleidigten Leberwurst war ein Ausrutscher! Oder siehst du das anders, lieber Leser?

Kommen wir zu einer anderen hoch-interessanten Frage: Wie berühmt ist Löw eigentlich bei uns im Norden? Kent ihn jemand ausser mir ein paar andere Bekloppte. Hmm, gute Frage. Einen Anhaltspunkt gibt vielleicht ein kleiner Vergleich. Wer zu Weihnachten 2007 3 Mal gegoogelt hat, kam zu diesen interessanten Konklusionen:

1) Wer auf www.google.dk nach „Joachim Löw" googelte, bekam 13.100 Hits.

2) Bei unseren schwedischen Freunden auf www.google.se schrumpfte das auf 1920 Hits

3) Und bei den Norwegern gab es lediglich schlappe 772 Hits.auf www.google.no '

Fazit: Er ist auf jeden Fall berühmter als in Schweden und in Norwegen zusammen. Setzt sich diese geographische Tendenz fort müssten von den Eisbären am Nordpol kein einziger den Jogi kennen! Aber, die dürften momentan auch andere Probleme haben, leider!

Interessant: Für unseren Nationaltrainer Morten Olsen gab es auf www.google.de zum gleichen Zeitpunkt 98.400 Hits, aber gut, er hat ja auch mal – in der Kaiserzeit war das, glaube ich – für die Geißböcke gekickt und trainiert hat er die auch! Und bis vor Kurzem gehörte er immer zu den „Üblichen Verdächtigen", wenn der Trainerkasussel bei euch in Bewegung kam. Deshalb ist das keine Sensation. Ich stehe übrigens zu ihm, es gibt keinen Besseren, auch wenn wir uns 2 mal nicht qualifizieren konnten.

Apropos: Angela Merkel bekam bei uns 48.200 Hits, sie ist also nur 3,68 Mal berühmter als der Jogi! Und, festhalten, 11,7 Mal bekannter als Horst Köhler (1120 Hits)!!

Und jetzt der Hammer, der Kaiser himself aus Bayern bekam schlappe 886 Hits! Jogi, du bist in Dänemark 14,79 Mal „grösser" als DAS Orakel des deutschen Fussballs!

Damit läßt der Löw in Sachen „Dänischer Bekanntheitsgrad" ein Bundespräsident und ein Kaiser hinter sich, und zwar so weit, dass sie einen bayerischen Fernglas (gelle Uli!) brauchen um ihn zu erblicken!! Nicht schlecht vom sympathischen Badener, das ist der erste „wichtige" Titel für Löw!

Was sagten eigentlich die Medien als Löw Bundestrainer wurde?

„Westdeutsche Zeitung" (Düsseldorf): Joachim Löw ist bestimmt ein guter Trainer und Taktiker. Aber ein Verkäufer ist er nicht. Doch angesichts der in kaum zwei Monaten beginnenden EM- Qualifikation blieb dem DFB keine andere Wahl. Klinsmann, die beste Lösung, will nicht mehr. Christoph Daum, die zweitbeste Lösung, hätte wahrscheinlich lange Diskussionen nach sich gezogen. Also ist Joachim Löw, die drittbeste Lösung, von nun an Bundestrainer - und die Gefahr groß, dass der deutsche Fußballfrühling bald zu Ende geht.

Na ja, irren ist menschlich.

Übrigens: In der Amtszeit von Löw hat es 2 Niederlagen gegeben. Eine war gegen ein gewisses kleines nordeuropäisches Land! Von 90 Minuten „Jugend forscht" war damals in Duisburg die Rede und die 2. in der EM- Qualifikation gegen die Tschechei! Da war die Qualifikation aber unter Dach und Fach und es ging um die „Goldene Ananas".

Daß der Löw sich auch oft mit der Bundesliga quer liegt, ist aucht gut, denn da hat sich einiges an Staub versammelt, oder was sagst du dazu lieber Leser?. Und überhaupt: Zu viel Einigkeit, hat selten zu grossen Ergebnissen geführt – erst die Reibungen sorgen dafür, daß Energie freigesetzt wird.

Kommen wir zum nächsten spannden Thema, das mit Animositäten unter den deutschen Bevölkerungsgruppen zu tun hat: Wer sich ein wenig auskennt mit Deutschland und Deutschen, der spürt schnell, daß nur ein relativ zerbrechlicher Friede zwischen „Preussen und Bayern", zwischen Hanseaten und Bayern etc geschlossen ist.

Deshalb die Frage: Wie soll der Badener Löw mit den Schwaben im Kader klarkommen? Die beiden Völker sind sich ja nicht immer grün – davon kann auch Winnie Schäfer ein Lied singen. Und die Hard-Core Fangruppen des VfB und des KSC beweisen das durch „intelligente" Aktionen immer wieder aufs Neue!

„Schwobe schaffet, Badener denket" wie die Badener sagen. Und das soll gewiß nicht als Lob für die Schwaben verstanden werden.

Welche Schwaben gibt es überhaupt im Team?

Hildebrandt, Gomez, Hitzlsberger, Hilbert, Tasci, Kuranyi. Wobei einige keine „Vollblut-Schwaben" sind (wenn ich das hier so definieren darf: Vollblutschwabe: Beide Eltern aus Schwaben), was die Problematik eventuell entschärfen wird. Aber, ich habe die Sorge, daß die Schwaben nach einer Niederlage auf den Jogi losgehen und der Jogi mit dem alemannischen Wort „Tranfunzel" antwortet – dann haben wir den Salat. Um das ins Hochdeutsch zu übersetzen fällt mir Traps legendarische „Flasche leer" ein. Um dies zu vermeiden, schlage ich einen Friedensgipfel vor der EM vor. Dann gibt es „Grummbiere" und „Spätzle" – und alle müssen beides essen. Dazu ein Riesling Spätlese vom Kaiserstuhl und ein Trollinger! Jeder trinkt 1 Flasche Riesling und 1 Flasche Trollinger und dann wird Tacheles geredet! Wie bei allen Friedensgipfel trifft man sich am besten auf neutralem Boden – ich räume gerne im Kelller auf. Am besten aber nicht am Abend vor dem Eröffnungsspiel – ein gewisser zeitlicher Abstand ist ratsam! Die Unterhaltung liefert Harald Schmidt und Helmut Dold!

Die Runde könnte um die Münchener und die Bremer ergänzt werden – Fisch und Weisswurst werden dann gereicht, Becks und Paulaner als Flüssigkeit, denn auch zwischen den beiden Vereinen knallt es immer wieder.

Das wäre eine sinnvolle vorbeugende Massnahme. Denn vorbeugen, lieber Herr Koch, ist sinnvoller aus bestrafen!

Das wäre ein intelligenter Weg (work smarter – not harder eben), solche Spannungen gar nicht erst aufkommen zu lassen!

Die Aufstellung Deutschlands bei der EM 2008 und die „Rumpel-Skala"

Ich tippe auf diese Aufstellung: (NB: geschrieben im Februar 2008!)

Zur Einstimmung: „Das war müder Rumpel-Fußball, der streckenweise in Misshandlung des Balles ausartete" – so beschrieb der Kaiser himself mal ein Länderspiel der Deutschen. Diese Definition ist nichts hinzuzufügen.

Zuerst aber eine *Weltneuheit*: Um die technischen Fähigkeiten der einzelnen Spieler besser beurteilen zu können führe ich ein vor mir persönlich entwickeltes völlig neues Bewertungssystem mit 5 Stufen ein:

28

Die „Rumpel-Skala"!

Was sich Fußballlehrer der ganzen Welt seit langem wünschen, habe ich jetzt erfunden. Die Skala nimmt seinen Ausgangspunkt in dem berühmten Satz:

„Er ist ein Freund des Balls"

soll heissen – er kann wunderbar mit dem Ball umgehen und der Ball gehorcht ihm. Das System ist beim Europäischen Patentamt in München zum Patent angemeldet und Verhandlungen laufen mit dem Bund Deutscher Fußballlehrer und mit dem Kaiser als Promotion-Aushängeschild!

Wie habe ich die Spieler bewertet? Das sind die Kriterien:

1) Wie oft verspringt dem Spieler den Ball, wenn er ihn mit links und mit rechts annimmt?

2) Wie oft landet ein Pass über 5 Meter beim Mitspieler oder beim Gegner/ ins Aus - Fehler wiegen schwer

3) Wie oft landet ein Pass über 25 beim Mitspieler oder beim Gegner/ ins Aus – Fehler wiegen nicht so schwer

4) Wie lange dauert es, den Ball unter Kontrolle zu kriegen und ihn vorwärts zu spielen ?

5) Wenn der Spieler den Ball erobert, geschieht das dann regelkonform oder nicht?

6) Ist der Spieler beidfüssig – oder benutzt er das eine nur um nicht umzufallen?

Das sind die Stufen:

Der Spieler ist:

1a) In „Die Kaiser – Kategorie" – Definition nicht notwendig – einfach alte Spiele angucken und du weißt, was ich meine.

1) Enger Freund des Balls – sehr gute Ballbeherrschung, kaum Fehlpässe. Beidfüssig. Ball gehorcht wie ein Polizeihund seinen Herrn.

2) Verwandter des Balls – gute Ballbeherrschung, „schwacher Fuß" doch recht stark, wenig Fehlpässe.

3) Bekannter des Balls. 75% einfüssig, benutzt nur den schwachen Fuss in Notfällen, Probleme in der Ballbeherrschung. Riesenprobleme in der Ballkontrolle, viele einfache Pässe landen im Aus oder beim Gegner

4) Ferner Bekannter des Balls! 100 % einfüssig. Unüberbrückbare Probleme in der Ball-Kontrolle. Der Ball gehorcht genau so gut wie eine 14-jährige Tochter seiner Mutter oder wie mein Welpe mir!. Viele Fehlpässe über 5 Meter.

Ein Wort zum Kaiser: Als Spieler unerreicht – deshalb hat er eine Kategorie für sich. Eine besondere Ehre. Das sei mal klargestellt, an sonsten begreift es der eine oder andere eventuell als Majestätsbeleidigung ihn im Zusammenhang mit dem Wort „Rumpel" zu nennen!. Er ist eben der diametrale Gegensatz zum Begriff, okay?.

Seine Technik, seine Spielintelligenz, seine Ausstrahlung. Auch mein Vater schwärmte sehr für ihn. Als Mensch genau so wie viele von uns: Erfolge und Mißerfolge folgten ihm. Im Berufsleben sicherlich Erfolge, aber im Privatleben nicht nur.

Jetzt folgt die Bewertung der deutschen Start-Elf bei der Euro 2008 an Hand der aufschlußreichen „Rumpel-Skala":

Im Tor: Lehmann – Verwandter des Balls – was für einen Torhüter sehr, sehr gut ist. Beim guten alten Olli würde ich mich auf „Ferner Bekannter des Balls" festlegen. Damit ist die richtige Entscheidung von Klinsmann, 2006 den Lehmann vorzuziehen, wissenschaftlich belegt!

Der „Alte" wird das schon richten, obwohl er sein Duz-Freund Olli im EM-Quartier natürlich schwer vermissen wird!

Abwehr:

Links Viererkette: Jannsen – Verwandter des Balls

Mitte Viererkette: Metzelder – Verwandter des Balls

Mitte Viererkette: Mertesacker – Verwandter des Balls

Rechts Viererkette: Lahm – Enger Freund des Balls – weil beidfüssig.

Sehr gute Noten für eine Abwehr! Hier ist der größte Unterschied zu früheren deutschen Abwehrreihen, in denen die Spieler eher „Ferne Bekannte des Balls" waren. Mit Ausnahme der Liberos. Binz, Sammer oder Thon waren sehr gute Liberos – über den Kaiser brauchen wir nicht reden – siehe Stufe 1a.

Die 4 Knaben können sich zwischendurch dann über die neuste Ausgabe der Donald Duck unterhalten! Oder über das neuste Programm von KIKA. Aber im Ernst: Gegen diese schnelle und vor allem intelligente Jugend-Abwehr werden sich die Gegner die Zähne ausbeissen! Und überhaupt, was heißt hier „zwischendurch"? Jannsen und Lahm sind so oft in in der Vorwärtsbewegung, gerade das sind ihre Stärken, das wenig Zeit für Donald Duck übrig bleibt. Ich glaube, sogar abends im Quartier rennen sie im Hotel. Alle 4 spielen auch in Top-Vereinen, sie sind dem Druck gewohnt und sie haben mit der Nationalmannschaft nocht nichts gewonnen, was für ihren „Hunger" spricht.

Mittelfeld:

Schneider – enger Freund des Balls

Ballack - enger Freund des Balls

Frings – Verwandter des Balls

Borowski – enger Freund des Balls

Auch hier ist eine deutliche Weiterentwicklung in Sachen Technik festzustellen. Die können alle rennen von heute bis Weinhachten, aber – und das ist wichtig – Fußball können sie auch alle spielen – das war nicht immer so bei deutschen Mittelfeldspielern. Die Steffen Freunds und Dieter Eilts´ der Republik sind gegrüßt.

Über das Mittelfeld freut sich ins besonders der Arbeitsminister, der ja gerne sieht, daß die Deutschen länger arbeiten! An diesem Mittelfeld können sich andere Arbeitnehmer ein Beispiel nehmen. Auf dem Arbeitsmarkt der Fußballler gilt das Motto des „grauen Goldes". Das ist was für „Frührentner", hier ist Erfahrung angesagt.

Bemerkenswert: 3 Spieler aus den neuen Ländern im Mittelfeld – das wird ein Hammer! Sollte es nicht laufen, nehmen die sich halt ein paar „Spreewalder Gurken" und dazu ein Glas „Rotkäpchen" oder ein „Club Cola", dann geht die Post ab Richtung gegnerisches Tor! Oder sie singen „Auferstanden aus Ruinen..." – die Hymne symbolisiert übrigens wunderbar die spielerische Auferstehung der deutschen Nationalmannschaft nach dem Tief Anfang des Jahrtausends!

Sturm

Gomez –Verwandter des Balls

Auch hier ein Riesenunterschied zu Herrschaften wie Hrubesch, Klinsmann oder Rummenigge etc.

Ziehen wir doch einfach einen Vergleich zur letzten erfolgreichen Mannschaft Deutschlands – der Mannschaft, die 1996 auf der Insel Gold gewann.

Hier die Aufstellung im Endspiel gegen Tschechien:

Köpke: Bekannter des Balls

Strunz: Bekannter des Balls

Sammer: Enger Freund des Balls

Babbel: Bekannter des Balls

Helmer: Verwandter des Balls

Eilts: Tur mir leid, lieber stumme Ostfriese, ich will dich nicht zu nahe treten, aber ich müsste eine neue Stufe erfinden um dich einzustufen: „Eilts-Stufe" nennen wir die!

Häßler: Enger Freund des Balls

Ziege: Verwandter des Balls

Scholl: Enger Freund des Balls

Klinsmann: Ferner Bekannter des Balls

Kuntz: Bekannter des Balls

Wie du siehst, lieber Leser, der durchschnittliche Wert der 2008ér Mannschaft liegt auf der „RUMPEL-SKALA" deutlich höher, was hier gut ist. Im Klartext: Die 2008ér Mannschaft kann besser mit dem „Runden" umgehen.

Und eure 1992ér Mannschaft – wie schnitt die bei der „RUMPEL-SKALA" ab?

Hier die Antwort:

In Tor:

Ilgner: Ferner Bekannter des Balls

Die Abwehr:

Reuter: Verwandter des Balls

Helmer: Verwandter des Balls

Kohler: Ferner Bekannter des Balls

Brehme: Bekannter des Balls

Das Mittelfeld:

Buchwald: Sorry lieber Schwabe, mir bleibt keine Wahl, ab in die „Eilts-Kategorie".

Häßler: Enger Freund des Balls

Effenberg: Verwandter des Balls

Sammer: Enger Freund des Balls

Der Sturm:

Klinsmann: Ferner bekannter des Balls

Riedle: Bekannter des Balls

Auch die 92ér Mannschaft war deutlich schlechter als die 2008ér Mannschaft!

Aber zugegeben: Auch wir hatten in der 92ér Goldmannschaft einige Kandidaten für die „Eilts-Kategorie": Kent Nielsen im Abwehr, John Jensen (genannt „Pferdelunge" als er beim HSV war) im Mittelfeld, Henrik

Larsen im offensiven Mittelfeld. Absolute Top-Kandidaten waren das!!

Und eure 2000ér Mannschaft? Wie schnitt sie ab? Hier die Austellung im 0-3 Gipfel der Rumpelspiele gegen die Portugiesen bei der Euro 2000:

Im Tor:

Kahn: Ferner Bekannter des Balls

Die Abwehr:

Nowotny: Verwandter des Balls

Matthäus: Verwandter des Balls

Linke: Bekannter des Balls

Rehmer: Ferner Bekannter des Balls

Das Mittelfeld:

Hamann: Bekannter des Balls

Ballack: Enger Freund des Balls

Scholl: Enger Freund des Balls

Deisler: Enger Freund des Balls

Der Sturm:

Jancker: „Eilts-Kategorie"

Bode: Bekannter des Balls

Kein überragender Durschschnittswert obwohl das Mittelfeld technisch nicht schlecht war.

Machen wir doch einen interessanten Vergleich zur Bayern-Mannschaft 2007-2008:

Im Tor:

Kahn: Ferner Bekannter des Balls

Die Abwehr:

Lahm: Enger Freund des Balls

Lucio: Verwandter des Bals

Van Buyten: Sehr ferner Bekannter des Balls

Jannsen: Enger Freund des Balls

Das Mittelfeld:

Van Bommel: Bekannter des Balls

Ribery: Enger Freund des Balls

Ze Roberto: Enger Freund des Balls

Altintop: Verwandter des Balls

Der Sturm:

Toni: Verwandter des Balls

Klose. Enger Freund des Balls

Ich betone: Die Rumpel-Skala beurteilt lediglich die technischen Fähigkeiten eines Spielers – es gibt andere Kriterien, die dafür sprechen könnten, Typen wie Hrubesch oder Eilts im Team zu haben. Aber meine Grund-These bleibt: Im modernen schnellen Fußball kann sich ein Top-Team immer weniger (oder gar keine) solcher Spieler leisten. Und genau das ist es, was Löw erkannt hat! Er braucht Spieler auf allen Positionen, die mindestens Verwandter des Balles sind. Deshalb spielten Kahn oder auch Robert Huth 2006 nicht und deshalb – so meine

Prognose - wird es nie mehr einen Jancker oder Hrubesch im deutschen Sturm geben.

Zurück zum heutigen Nationalteam: Noch eines spricht für die 2008 Elf: Die Tatsache, daß die Spieler eine Menge Sprachen sprechen.

Der Klose versteht die slawischen Sprachen, der Gomez die lateinischen (gilt auch für Kuranyi), Metzelder Spanisch und Lahm Schwäbisch. Englisch werden sie auch verstehen und Deutsch sowieso. Die Gegner müssten also eine komplett unverständliche Sprache sprechen, um nicht verstanden zu werden!. Dänisch z. B., aber ..... Oder Sächsisch ! Aber der Freistaat hat sich nach meinen Erkenntnissen nicht qualifiziert, oder? Das Saarland schaffte es 1954 ja auch nicht zur WM, aber in der Quali waren die Saarländer dabei und haben sogar gegen Deutschland gespielt – wußtest du das lieber Leser? Komisch, aber wahr. Wobei komisch das falsche Wort ist, denn das war wohl eine Folge des Krieges.

Und wer – ausser den guten Sachsen – spricht und versteht Sächsisch? Nee, siehst du, die Gefahr ist wirklich gering und gleichzusetzen damit, daß der Reiner Calmund einsilbig antwortet!.

Noch eine Erkenntnis über die Spieler im Kader: 2007 waren die Spieler 184,79 cm groß, 1996 war das 184,13. 1992 lediglich 182 cm und 1980 180 cm. Sie werden immer größer aber gleichzeitig auch immer athletischer.

Und apropos Kader: Lieber Jogi: Bloss keinen von Hannover 96 nominieren – das ist immer schief gegangen. Nichts gegen die Hannoveraner, das ist einfach ein Fakt! Guckst du selber bei www.dfb.de – wenn ein Hannoveraner dabei war, ging der Schuß nach hinten los.

Dafür aber unbedingt einen „Neu-Bundesbürger" (ich verzichte bewußt auf das blöde Wort „Ossi") mitnehmen, und zwar einen, der im Osten spielt. 1996 war Rene Schneider von Hansa Rostock im Kader, und das ging gut.

Vorschlag: Nehme einfach einen Spieler von Dynamo Dresden mit und sag ihm, er solle seine Dynamo-„Freunde" mitnehmen, dann ist für „Leben in der Bude" garantiert!. Und ihn unbedingt auch aufstellen, denn kein noch so sprachbegabter Gegner wird ihn verstehen!

Fußballjournalisten

Ich bin sehr für eine kritische Auseinandersetzung mit dem Unwesen „Fußballjournalisten und deren Fragen". Wie können wir denen das Handwerk legen?

Hmm, schwierig, das wird versucht seit es Kommentatoren gibt und zwar mit dem gleichen Erfolg wie Calmund abnimmt!. Ich schlage aber einen intensiven „Vor-der-EM"-Kurs" vor. Arbeitstitel des Seminars:

„Wie lerne ich keine blöden Fragen zu stellen"?

Sollte das für die Journalisten zu anspruchsvoll sein, wechseln wir „keine" halt mit „weniger" aus. Die Teilnahme ist für alle EM-Journalisten obligatorisch, der „Verband genervter Fussball-Zuschauer" - vertreten vom Vorsitzenden Herrn Motzki aus Oberjammertal - übenimmt alle Kosten – und zwar gerne! Die Zusage steht, er hat zwar mächtig gejammert (wen wundert es?), aber ich konnte ihn letzlich überzeugen mit dem Argument, er wird im Juni einen stabileren Kreislauf haben. Das hat ihn überzeugt, denn er möchte unbedingt noch ein paar Jahre auf höchstem Niveau weiterjammern!

Referent müsste Marcel Reif sein. Der kann es und zwar mit einem Augenzwinkern. Guter Mann!

Denn es ist in der Tat oft grausam zuzuhören. Da fragt man den „armen" Torwart, der im Elfmeterschiessen den entscheiden Elfmeter gehalten hat: „Welches Gefühl war das" Und heraus kommt – riesige Überraschung – Antworten wie „ Ein Super-Gefühl". Oder noch eine Frage aus der Kategorie"Anspruchsvolle Fragen". „Wie wichtig war das 1-0 Führungstor in der 88 Minute?"

Aber was sollen sie auch antworten, die armen Kicker?? Solche Fragen gehören verboten und die Journalisten, die sie trotz dem stellen, sind mit Berufsverbot zu bestrafen. Sie sollten demnächst beim DFB im dunklen Keller in Frankfurt Briefe öffnen wie der arme Witzeerzähler im hervorragenden Film „Das Leben des Anderen" oder beim nächsten Dschungel-Camp von RTL mitreisen!.

Also, strengt euch bitte für die EM an, legt euch ins Zeug, ihr Dellings und Lierhäuser der Republik (keine Bange bei kritischen Fragen Delling, der Jogi ist nicht der Rudi, du bist nicht der Waldemar (bis dahin müsstest du schon ein paar Paulaner mehr runterkippen) und die EM ist nicht auf Island! Und ausserdem hast du ja deinen „Assi" Günther an der Seite. Mir gefällt nebenbei bemerkt euer Verhältnis sehr: Ironisch, mit einem Augenzwinkern, nicht so furchtbar ernst. Gut so!

Ich wünsche mir von Herzen eine EM mit lauter top-intelligenten Fragen der Reporter, aber ich fürchte, eher wird der KSC Meister!

Könnte es daran liegen, daß Fußball am besten gespielt oder gesehen wird, und sich für tiefgehende existentielle Analysen ganz einfach gar nicht oder zumindest schlecht eignet? Ist jemand von euch ausser meiner Wenigkeit irgendwann auf diese für die Fernsehstationen und deren Sponsoren-Einhanmen ketzerische Idee gekommen? Ich verzichte locker auf die 1 Stunde „Quatsch" vor dem Spiel, und die nächste Stunde „Quatsch" nach dem Spiel! Ich schmunzle schon über Delling und Netzer und deren Sticheleien, aber das muß in dieser Fülle nicht unbedingt sein, oder wass meinst du?. Ich sage: Fußball soll gesehen und nicht erklärt werden, das ist meine Meinung!.

Ne, dann bin ich eher für ironische Kommentare wie diese beiden von Marcel Reif:
"Und dieser öffnende Pass brachte wieder 57 cm Raumgewinn"

„Für Kohlers Verhältnisse war der Pass gar nicht schlecht. (zu einem Pass, der über 5 Meter gespielt im Seitenaus landete". Klasse, diese Ironie!

Oder von Harald Schmidt:
"Golden Goal ist scheiße. Man weiß nie, ob man sich noch ein Bier holen soll". ! Eben, vielleicht auch deshalb hat die UEFA die Regel wieder abgeschafft? Meine These: Der UEFA Sponsor Carlsberg hat da einen Finger mit im Spiel gehabt nach der devise: „Golden Goal abschaffen oder weniger Kohle!".

Oder dieser von Harald Schmidt: „Jürgen Klinsmann ist inzwischen 694 Minuten ohne Tor. Das hat vor ihm, glaube ich, nur Sepp Maier geschafft".

Soll heissen: Macht aus dem Fußball bitte keine ganz – oder halb-akademische Veranstaltung, denn er ist – und soll auch bleiben – eine einfache Sportart! Sogar meine Frau steht kurz davor, die Abseits-Regel zu verstehen! Nach Jahren des „passiven Fußball-Guckens"! Aber ich muß für sie auch eine Lanze brechen: Ihre Bemühungen waren auch bescheiden.

Gerade diese Einfachheit macht ihn für die Massen interessant. Apropos: Ich habe gelesen, vor der WM gab es bei euch Fußball-Kurse für Frauen. Das wäre vielleicht auch was für 2008? Gast-Referent: Boris Becker! Er scheint sich auszukennen und ist bei Heimspielen des FCB´s oft auf der VIP-Tribüne. Bleibt dann nur zu hoffen, daß das Tagungs-Lokal keine Wäschekammer hat und eure Frauen nicht dunkelhäutig sind! Wenn ja, Teilnahme eurer Frauen unbedingt verhindern, liebe Männer! Irgendwas hat der Boris ja, was manche Frauen mögen!

Die EM-Gruppe Deutschlands

Ihr mußt ja wie bekannt gegen Österreich, Kroatien und Polen in Gruppe B ran.

Gucken wir uns in aller Ruhe eure Bilanz gegen diese 3 an um festzustellen, ob Anlaß zur Sorge besteht:

Österreich: In 34 Spielen habt ihr 20 mal gewonnen, 6 mal Unentschieden gespielt und nur 8 mal verloren. Auch im Februar 2008 hattet ihr im Testspiel 3-0 gewonnen. Gut, „Bild" titelte zwar „3-0 Rumpel-Sieg" und „Welt" „Glücklicher Sieg für Deutschland – noch viel Arbeit für Löw"aber ein echtes Comeback des Rumpel-Fussballs war das auch nicht, oder? Ich habe das Spiel selber nicht gesehen, das muß ich zu meiner Schande gestehen. Der Kaiser kommentierte am Tag danach in „Bild" das Spiel und sprach davon „daß die Deutschen 60 Minuten an die Wand gespielt wurden". Auf www.fussballdaten.de hies es zum Spiel: „Schlechte Flanken, ungenaue Abspiele, Stockfehler, wenig Bewegung - die ganze Palette unpässlicher Versuche wurde durchexerziert". Am Tag danach auf welt.de stimmten 29% Für Enke als EM-Torwart, 29% für Lehmann und 24 % für Hildebrandt. Ich sage: Da ist sie wieder, die berühmte deutsche Welt-Untergangsstimmung und „Alles-in-Frage-stellen" nach EINEM schlechten Einsatz. Ihr neigt einfach dazu, das Schlechte hervorzuheben oder gar zu zelebrieren, das ist mein Eindruck. Wohlgemerkt ein Eindruck, der über Jahre gewachsen ist. Mein Rat: Ganz ruhig bleiben, ein 2. Cordoba wird es nicht geben. Erinnert sich noch jemand von euch an das 1-4 gegen Italien vor der WM 2006? Genau, alles vergessen!

Apropos: Wer deutschsprachige Fakten über Fussball sucht, der ist bei fussballdaten.de bestens aufgehoben. Sogar über eher obskure Ligen wie die norwegische oder dänische und über viele Spieler, die nicht gerade den Weltfußball dominiert haben, wird ausführlich berichtet. Oder wie sonst soll man es sich erklären, daß unser Stig Töfting oder John Jensen da auftauchen.

Übrigens war das sicherlich auch nicht die EM-Stammelf, die in Wien im Februar 2008 aufgelaufen ist. Alles halb so schlimm – schwamm drüber. Nur wenn der Toni Polster oder Hans Krankl auflaufen, haben die eine Chance gegen euch! Ist aber eher unwahrscheinlich! Das war übrigens ein lockerer Typ, der Polster. Ich habe ihn sehr gut in Erinnerung, als er für die Domstädter kickte. Was macht Toni-Doppelpack eigentlich jetzt? Bildet er mit DJ Ötzi ein Duo beim After-Skiing für deutsche Touristen?

Kroatien: In 7 Spielen heissen die entsprechenden Zahlen 5, 1 und 1. Die eine Niederlage war schmerzlich genug 1998 im WM Viertelfinale, ich weiß, aber das wiederholt sich nicht. Nebenbei bemerkt: Das Spiel Deutschland-Kroatien guckte ich mir 1998 in einer Kneipe in Löws Heimat an, wir machten in Baden Urlaub meine Frau und ich. Ach du lieber August, der arme Berti kriegte ordentlich auf die Mütze von den sonst so gelassenen Badenern. Nicht gerade eine Bombenstimmung herrschte um 22.45 in der Kneipe. Ein großer Unterschied ist aber die Tatsache, daß das Berti-Team von 1998 längst ihren Zenith überschritten hatte, was für das Löw-Team von 2008 sicherlich nicht gilt.

Aber zurück zur Gegenwart. Toll, übrigens für die Wettmafia dieses Spiels, was es im Sommer da für Einsätze geben wird! Ob der Hoyzer da einsteigt?

Polen: In 15 Spielen, 11 gewonnen, 4 Unentschieden og 0 Niederlagen.

Und Poldi und Klose können ausserdem alles verstehen, was sie reden, was nicht einfach ist – ich habe es mal selber versucht Polnisch zu lernen – hmm – eine sehr harte Nuß!

Z.B. diese einfache und geläufige polnische Formulierung: u góry po lewej stronie!

Wo sitzt der Freistoss, lieber Leser? Richtig, links oben! Das können Poldi und Klose schnell dem Ersatztorhüter von Arsenal beibringen. Oder auch nicht. Ich kenne sein Sprachtalent nicht.

Mit anderen Wörtern: Nur 9 Niederlagen in 56 Spiele gegen die 3 – was spricht dafür, daß ihr es im Sommer dann vergeigen werdet? Wenig bis gar nichts! Wenn alles nur halbwegs normal läuft, kommen Deutschland und Kroatien weiter. So sahen es auch 85,4% der Teilnehmer einer User-Befragung von Bild Online am Tag nach der Verlosung.

Ich bin aber infiziert und mache jetzt schon den gleichen groben Fehler, wie viele „Experten": z.B. die Experten bei Sport-Bild, die jeden Mittwoch den Spieltag am Wochenende tippen. Da heißt es immer: „Spiele zwischen X und Y sind immer eng, sie werden immer spät entschieden". Oder „seit 30 Jahren wartet x auf einen Sieg auswärts gegen Y" – daß X die 25 Jahre davon in Liga 2 verbrachte, wird nicht erwähnt. Ein Klasse-Beispiel: Sie versuchen das nächste Ergebnis vorauszusagen, in dem sie sich frühere Ergebnisse anschauen. Wie sagt man: Das entspricht dem Versuch das Auto zu lenken in dem man im Spiegel nach hinten guckt. Das ist im Grunde genommen wenig aussagekräftig, entscheidend ist die derzeitige Zusammensetzung und Verfassung des Teams. Wer sich euer Team 2008 und die Gegner durch diese Brille anschaut, wird aber zu keinem anderen Ergebnis als die Statistiker kommen.

Apropos Zahlen und Statistik: Wie meinte doch Franklin D. Roosewelt zum Thema Statistik: Ich stehe Statistiken etwas skeptisch gegenüber. Denn laut Statistik haben ein Millionär und ein armer Kerl jeder eine halbe Million".

Sollte es aber wider Erwarten nicht laufen, womit könntet ihr dann die 3 Länder während der Spiele drohen? Ich schlage vor, der Löw steht per Handy in ständigem Kontakt mit der Kanzlerin.

Kroatien: Wenn sie nicht artig verlieren, darf die Wettmafia nicht mehr auf deutschem Boden operieren!.

Polen: Wenn sie nicht artig verlieren, dürfen die Polen nicht länger eure Autos klauen!

Österreich: Wenn sie nicht artig verlieren, verlegt ihr euren nächsten Skiurlaub nach Italien! Ne, geht nicht, da habt ihr auch eine Rechnung offen. Dann nach Slovenien.

Das würde Wirkung zeigen.

Auch die österreichischen User des Portals www.challenge08.at waren in der Woche nach der Auslosung der Meinung, Deutschland ist die stärkste Mannschaft der Gruppe (65,3%), 31,9 % für Kroatien. Große Zuversicht in die eigenen Stärken haben die Österreicher nicht (2,8%). Am 15/2 2008 gab es dann 66,7 für die BRD, 30 % für Kroatien und 3,3 % für Österreich. Mit diesem tempo dauert es nur bis 2014 bis es eine Mehrheit gibt, die Österreich als stärkste Mannschaft sieht – dumm nur, daß die Spiele dann längst Geschichte sind.

"Freilos bis ins Finale!"

So titelte „Bild" am Tag nach der Auslosung! Okay, Freilos ist ein wenig hochgegriffen, das ist halt so bei der „Zeitung mit den großen Buchstaben". Wehren werden sich alle Mannschaften schon, davon ist wenigstens auszugehen. Das ist nun mal eine EM ohne exotische Mannschaften. Ich meine abgesehen von Österreich natürlich.

Der besonnene Löw sprach von „lösbaren Aufgaben" – das ist schon eine vernünftigere Formulierung, die auch Raum für Respekt für den Gegner zuläßt.

Erst im Endspiel könnt ihr auf Brocken wir Frankreich, Italien oder Niederlande treffen. Mit ausgeprägtem Lospech läßt sich das auf jeden Fall nicht beschreiben.

Und jetzt zu einem weiteren Höhepunkt dieses Buch, das in die Zukunft schauen kann. Als Service für meine Leser sind hier die Ergebnisse der deutschen Nationalmannschaft bei der EM 2008: Das hat den Vorteil, daß ihr die Spiele gar nicht gucken braucht, ihr könnt stattdessen eure Frau auf eine Pizza beim Italiener einladen. Oder auch nicht, es könnte passieren, daß ein gewisses Mißtrauen ihrerseits entsteht. Vor allem dann, wenn du das vor 10 Jahren zuletzt gemacht hast.

Vorrunde:

BRD-Kroatien: 1-1

Torschütze: Klose

BRD-Österreich: 2-0

Torschützen: Schneider und Ballack

BRD-Polen: 3-1

Torschützen: Gomez, Klose und Podolski

Viertelfinale in Wien:

BRD-Türkei: 2-1 nach Verlängerung.

Torschützen: Borowski und Podolski. Eure Statistik gegen die Kicker aus Bosporus: 11 Siege und je 3 Unentschieden und Niederlagen.

Halbfinale in Basel:

BRD-Kroatien: 3-2

Torschützen: Mertesacker, Frings und Kuranyi

Endspiel in Wien:

BRD-Holland: 2-0

Torschützen: Ballack und Klose. Eure Statistik: 13 Siege, 14 Unentschieden, 10 Niederlagen.

Siehst du das auch so? Ich bin mir sicher, obwohl man natürlich immer auf Überraschungen vorbereitet sein sollte. Der Hans Meyer war ja auch in Nürnberg „unkündbar" und was der kleine fränkische Teppichhändler da alles erzählt hat. Raus flog er dennoch im Februar 2008. Oder ein anderes Beispiel: Daβ der Uli ausgerechnet das kalifornische Telefonbuch aus der Schublade holt, um dort den neuen FCB Trainer zu suchen, da hatte ich persönlich eher auf ein Comeback von Udo Lattek oder Erich Ribbeck getippt! Bei den Animositäten unter den führenden Persönlichkeiten! Oder war das alles nur Fassade? Ich sage auf keinen Fall. Der Hoeness hat unbestritten viele Qualitäten, aber zu behauptem, er kann seine Gefühle gut verbergen, das würde nicht zutreffen. Er ist in der Tat über seinen Schatten gesprungen und dafür möchte ihn sehr loben. Das ist klasse, das war in der Tat eine Sensation, aber im Sommer 2008 wird es keine Sensation geben. Ihr seid einfach besser als Polen, Österreich, die Türkei und Holland - gegen Kroatien wird es zwei mal zwar eng, aber am Ende ist eure Nase vorn.

Schiedsrichter

Ich habe gehört, der Fandel fährt zur EM. Eine gute Wahl, er kann es, bleibt nur zu hoffen, dass kein dänischer Voll-Bekloppter ihn während eines Spiels attackiert! Da wir nicht dabei sind, stufe ich das Risiko als ungefähr so gross ein, wie die Chance, daß Hertha 2008-2009 Meister wird! Oder Wolfsburg!

Apropos Schiris und Titel: „Dr. Markus Merk pfeift dieses Spiel". Als Däne immer wieder hochamüsant sich das anzuhören. Ich meine, wo genau liegt die Relevanz zwischen dem Doktor-Titel und seiner Schiri-Tätigkeit?

Oder hieß seine Doktor-Arbeit vielleicht: „Passives contra aktives Abseits – eine empirische Analyse des Abseitsbegriffes"?

Oder: „Viererkette contra Libero – was ist besser? Auf der Suche nach empirischem Beleg".

Eher nicht, ist er nicht Zahnarzt? Aber, ich weiß, ihr habt es im Gegensatz zu uns Dänen mit den Titeln – das Thema habe ich schon in meinem ersten Buch „Die Selbstlähmung Deutschlands – Diagnose eines Dänen" humorvoll aufgegriffen. Ist schon okay, ich persönlich habe wenig Probleme damit, für Skandinavier aus Ländern mit sehr flachen bzw unsichtbaren Hierarchien ist das aber stark gewöhnungsbedürftig. Ich weiß aber auch, wir sind es zusammen mit den Amerikanern, mehr oder weniger die einzigen auf der Welt, die es mit Titeln etc. so locker nehmen.

Apropos Schiedsrichter: Muß ein Schiri bei euch eigentlich Mitglied eines Fußball-Clubs sein? Ich wundere mich immer wieder über die Angaben: „Der Unparteiische ist Professor Dr. Sehrklug vom SV Teutonia Überruhr". Ich habe mal bei www.dfb.de nachgeguckt, es scheinen tatsächlich alle Bundesliga-Schiris Mitglied bei einem Verein zu sein. Dr. Felix Brych z.B. bei SV Am Hart München. Könnte das eine eurer welt-berühmten Vorschriften sein oder ist das reiner Zufall? Ich meine, die Tatsache daß jemand Club-Mitglied steigert nicht unbedingt seine Leistung mit der Pfeife auf dem Platz, oder?

Bei uns habe ich das noch nie gehört, aber bei euch gehört das mit dazu.

Und noch eines wundert mich: Von den 41 Bundesliga-Schiedsrichtern geben 23 den Familienstand „ledig" an, bei 8 sind es „keine Angaben". Ich dachte nur Mönche und katholische Pfarrer legen sich das Zölibat auf, aber auch hier würde ich eines Besseren belehrt!

Mir fällt gerade eine tolle Idee ein: Beim nächsten gemeinsamen Fittnestest der Schiris lädt der DFB die örtliche Krankenschwester-Schule ein!. Dann werden sich die Herren Prüfer über Fitness-Werte wundern und der DFB kann die ganzen Kosten für Fitness-Gurus aus den Staaten für sinnvollere Zwecke einsetzen? Nicht mal der „Quälix" in seiner humorlosesten Zeit mit all den Medizinbällen dieser Welt hätte nur annähernd solche Ergebnisse erreicht! Das wäre auch ein wichtiges Zeichen, um den Schiedsrichter-Mangel zu beheben, oder? Als Sponsor dieses Events käme das Bundesfamilienministeriums in Frage, das sich ja Sorgen um den fehlenden Nachwuchs bei euch macht. Die Ministerin geht zwar mit gutem Beispiel voran, aber generell hapert es mit den Nachwuchs. Vielleicht auch der entscheidende Anreiz für dich lieber Leser, die Schiedsrichter Ausbildung zu machen?

Warum packt ihr es ?

Ich habe die Gründe, die für den Europameister BRD 2008 sprechen, in Punktform aufgelistet – eine ganze Menge sind das, hier sind sie:

- Mit einer Kanzlerin am Regierungs-Ruder habt ihr noch nie bei einer Endrunde schlecht ausgesehen! Noch nie! Ein eindeutiger Beleg dafür, daß es gut wird!

- Ihr trifft nicht auf Ägypten und Algerien – gegen die habt ihr nämlich immer verloren! Das gilt auch für die DDR – intelligent übrigens: „If you can't beat them, join them!"

- Weil die Spiele in den beiden Alpenrepublikken ja fast Heimspiele werden und die 3. „Käse-EM-Endrunde" in Folge wird es einfach nicht geben.!

- Weil ihr dran seid – seit 1996 keinen WM oder EM Titel mehr abgeräumt! Ihr habt 1972, 1980 und 1996 gewonnen. Erstes Interval beträgt 8 Jahre, das zweite 16 Jahre und das dritte wird dann eben 12 Jahre betragen – einleuchtend!

- Weil der Badener Jogi während des Turniers jeden Abend nach Hause joggen kann und bei Frau Daniela sein Spätzle oder Schwarzwälder Schäufele (was um Gottes Willen ist das?) und danach eine Schwarzwälder Kirschtorte essen kann

- In der Schweiz geschah 1954 „Das Wunder von Bern" – ein gutes Omen! (Klassefilm übrigens)

- Löw kennt sich in beiden Ländern bestens aus.

- 2007 gab es bei euch zum ersten Mal seit dem Heiligen Römischen Reich Deutscher Nation ein Haushaltsplus! Ein gutes Omen!

- 1996 habt ihr auf der Insel gewonnen – mit den Briten verbindet euch doch eine Art Hass-Liebe. Auch mit den Österreichern. Eindeutig ein gutes Omen

- Eure Frauen sind jetzt Weltmeister und das wird die Männer anstacheln!

- Wir Dänen sind kläglich gescheitert und sind nicht dabei, für euch ein sehr gutes Omen. Bei 2 von euren 3 EM-Siegen war DK nicht bei der Endrunde dabei und 1996 haben wir die Vorrunde nicht überstanden! Und 1992 – na ja, ihr wisst schon! Wir haben übrigens 33% unserer Spiele gegen euch gewonnen – ein guter Wert. Wenn man ein Minimum von 15 Spielen zu Grunde legt und sich die europäischen Mannschaften anguckt, dann sind nur Italien, Frankreich und England mit 48, 43 und 48 % besser. Spanien und die Niederlande erreichen 26 und 27%. Brasilien gewann 60% der Spiele gegen euch.

- Die Uhr vom WM-Finale 1954 kehrt zurück. Die originale Uhr ist jetzt vor dem neuen Berner Stade de Suisse installiert und zeigt das Ergebnis vom Endspiel Ungarn-Deutschland. Wenn das kein gutes Omen ist?

- 2008 ist ein Jubiläum: Vor 100 Jahren gab es das erste offizielle deutsche Länderspiel gegen die Schweiz. 100 Jahre danach Europameister in der Schweiz zu werden – das paßt.

- Im DFB Journal habe ich Bilder von dem EM-Quartier der deutschen Nationalmannschaft in Tessin gesehen – Klasse! Direkt am Wasser (Lago Maggiore), großzügige Saunawelt mit einem römischen Badetempel, ein Riesengarten etc. Wer so wohnen wird, der kann nur Höchstleistungen abrufen!

- Für die Siegprämie von 250.000 Euro pro Nase wird der Zuschauer wohl ein wenig Leistung erwarten können. Nebenbei: 2004 gab es eine Siegprämie von 100.000 Euro – eine Lohnsteigerung von 150% in 4 Jahren – da kann ich leider nicht mithalten. Wie sieht es bei dir aus - lieber Leser?

- Zum Schluß: Ich habe gelesen, Löw hat entschieden, während des Turniers werden die Spielerfrauen und

– kinder nicht bei Papa im Hotel übernachten. Das sorgt für ausgeruhte Kicker.

Und nicht zuletzt die guten Noten eurer jetzigen Mannschaft bei der „Rumpel-Skala".

Welche anderen Bundestrainer haben übrigens den EM-Titel gewonnen?

Helmuth Schön gewann mit der DFB-Elf 1972 in Brüssel

Jupp Derwall 1980 in Italien

Berti Vogts 1996 in England

Welche Ähnlichkeiten haben die 3 mit Löw??

Hmm! Schwere Frage, Schön der Sachse, Derwall der Rheinländer , Vogts der Rheinländer und Löw der Badener?

Sie waren alle Assistenten bevor Sie Nationaltrainer würden – Löw auch. Viel mehr fällt da nicht ein. Löws souveräner Umgang mit Medien wurde wohl am ehesten von Derwall „kopiert". Bei Schön (so habe ich es gelesen) und bei Vogts (das habe ich selber erlebt) war der Umgang verkrampft und von Mißtrauen geprägt. Bei Vogts habe ich das sehr gut in Erinnerung: Jede kritische Frage eines Reporters war ihm eine Beleidigung und ein persönlicher Frontalangriff. Grausam sich diese ständigen kleinen Kriege anzuhören. Wobei die Schuld weiß Gott nicht nur bei Berti und seiner Persönlichkeit lag. Aber wie sagt man, er hatte einfach keinen Kredit in der Öffentlichkeit. Er hätte 1996 nach dem Titelgewinn zurücktreten müssen – aber, du weißt, im Nachhinein ist man immer schlauer! Mir ging es ähnlich: Nach dem „glorreichen" Gewinn der Vereins-Meisterschaft im Tennis 2005 hätte ich mich zurückziehen müssen, tat ich aber nicht, und jetzt .. Mit Berti ist das halt die uralte Diskussion über Inhalt und Verpackung – ich habe keinen Zweifel, daß der Berti ein Fachmann der Extraklasse ist – er kennt sich wirklich im Fußball aus. Aber die Verpackung – sprich sein Auftreten, sein Umgang mit Medien – handelte ihm zu viele Probleme ein. Ist das in Nigeria jetzt anders?

Wenn wir über Trainer reden: Manchmal hört man von Trainern, die großen Wert auf den Prozeß legen, in dem sich ihre Mannschaft befindet. Nicht das Ergebnis, sondern der Prozeß ist wichtig. Lobenswert, diese „Der Weg ist das Ziel – Philosophie". Nur, ich habe mich immer gefragt, wenn der Weg das Ziel ist, was ist dann der Rückweg?

Ein Wort sollten wir auch an dieser Stelle über die anderen Mitfavoriten verlieren:

Wer gehört ausser euch sonst zu den Favoriten? Ich meine jetzt in unserer Abwesenheit!

Die Franzosen? Ich denke, die sind einfach über den Zenith hinaus, der Zidane ist in Rente, der henry trifft nicht mehr und der Sarkozy bringt eher bei Frauen Glück!.

Die Holländer? Na ja, schöne Tulpen und hervorragende Fußballer haben sie ohne Zweifel, aber irgendwie ist bei denen bei Endrunden immer der Wurm drin. Was spricht dafür, daß es dieses mal anders sein sollte? Ich komme nicht drauf.

Die Italiener? Mit denen ist ja immer zu rechnen, aber ich denke, ihr seid „hungriger" und das gibt den Ausschlag. Sie sind zwar vor euch auf der FIFA Rangliste, aber der größere Titelhunger macht den Ausschlag und ausserdem kennt ihr jetzt den Luca Toni bestens.

Die Kroaten? Gute Mannschaft, aber ich denke denen geht die Luft raus! Ich habe gelesen, die Schweiz und Österreich werden im Sommer 2008 „wettfreie Zonen", das gefällt den Kroaten gar nicht und sie sehnen sich so sehr nach Hause, daß ihnen im Halbfinale die Luft raus geht!

Die Österreicher? Eher wird aus dem Duo Klinsmann und Kahn eine Männerfreundschaft!

Die Schweiz? Trotz Heimbonus, nein. Eine gewisse Klasse haben sie, aber es reicht definitiv nicht. Wenn, dann esse ich im Oktober, wenn ich und einige Kumpels zum Oktober-Fest fahren, freiwillig eine Weißwurst!

Die Spanier? Auch die stehen zwar vor euch in der FIFA Rangliste, aber das ist keine Turniermannschaft. Potenzial ist da – vor allem spielerisches – aber bei Endrunden enttäuschen sie immer.

Das Werk „Leidenschaft am Ball" vom DFB nennt 11 grossen Momente und 11 unvergessene Spiele. Im Sommer 2008 ist das Duzen voll! Sonntag der 29/6 2008 wird sich zu den 11 anderen Höhepunkten gesellen.

Ein unvergessenes Spiel ist übrigens das Spiel der Breslau-Elf 1937 vor 40.000 Zuschauern in Breslau – 8-0 – hiess es nach einem packenden Spiel gegen --- uns!

Dazu kommt folgendes: Ein Land, das solche Vorschriften hervorbringt, hat es verdient, Europameister zu werden:

„Besteht ein Personalrat aus einer Person, erübrigt sich die Trennung nach Geschlechtern."

(Info eines Deutschen Lehrerverbandes)

Darauf wäre ich nie gekommen - hervorragend solche Anweisungen!.

Österreichisch für Deutsche

Weißt du was ein Erdapfel ist? Oder Weichsel? Oder Obers? Oder ein Rübenzuzler?

Ich wußte das auch nicht, aber Dank des Werkes „Sprechen Sie Österreichisch" von Alfred Schierer und Thomas Zauner weiß ich jetzt Bescheid.

Ihr habt eure Österreich-Witze, hier eine kleine Auswahl:

Kennst du diesen?

„Wie wurde Österreich erschaffen? - Der liebe Gott saß auf der Zugspitze und schnitze die Menschen. Alles was ihm nicht gefiel, warf er nach hinten über die Schulter"!

Oder diesen?

„Wissenschaftler wollen das Gehirn von einem Schweizer, einem Deutschen und einem Österreicher untersuchen. Beim Schweizer finden sie ein großes Gehirn. Auch beim Deutschen finden sie ein Gehirn. Als sie jedoch beim Österreicher nachschauen, finden sie bloß einen Draht. Nach langem Überlegen entschieden sie sich, ihn durchzuschneiden, worauf beide Ohren abfielen".

Okay, das reicht, wir wollen die Österreicher auch nicht zu nahe treten, ihr habt eure Österreich-Witze, da will ich mich eigentlich gar nicht einmischen. Daß die Sticheleien zwischen euch auch 2008 Bestand haben wurde mir im Januar 2008 wieder klar. Ich guckte „Wetten dass", Gottschalk war in Salzburg, die Aussenwette war ein Fußballturnier zwischen Österreichern und Deutschen, Gottschalk hat zu den Regeln gesagt: „Es dürfen nur Laien mitmachen, das heißt auch die österreichische Nationalmannschaft darf ran!". Das sagt alles.

Ich habe nichts gegen die Ösis, ich war immer gerne in Österreich. Wir Dänen haben es so mit den Schweden! Muß wohl so sein – diese Sticheleien - zwischen „Brüdern"!

„Knigge" über Österreich und die Schweiz

Ich habe mal in Knigge-ähnlichen Publikationen geguckt um herauszufinden, was man tut und was man läßt, wenn man in der Schweiz und in Österreich ist. Vielleicht fährst du ja hin um EM-Luft zu schnuppern lieber Leser?

In beiden Ländern wird Höflichkeit groß geschrieben – wer den falschen Ton anschlägt, macht sich keine Freunde! Wer sich also in einer Kneipe einfach an den „Stammtisch dazusetzt" wird keinen Lob ernten. Im Gegenteil. Aber gut, laut meinem Wissenstand hat Mario Basler relativ geringe Chancen nominiert zu werden, also ist die Gefahr für die deutschen Nationalspieler gering!

In beiden Ländern ist Pünktlichkeit ein Muß. Anpfiff 18.00 heißt wirklich 18.00 Uhr! Das seht ihr aber auch ähnlich.

In der Schweiz ist eine Serviertochter eine Kellnerin und Müsli heißt Maus. Das Essbare schreibt man Müesli.

Trinkgelder: In Österreich sind 5-10% angebracht, in der Schweiz wird aufgerundet. Das sind alles Kleinigkeiten, es gibt wenig Unterschiede – also nichts wie hin! Ihr habt auch 2.6 Millionen Tickets geordert, kriegen tut ihr aber nur etwa 22.000 für die 3 Vorrunden-Spiele! Das deutet auf ein Rieseninteresse hin.

Wort des Jahres 2008

Und hier zum Schluss noch eine Entlarvung, die es in in sich hat: Nach „Klimakatastrophe" 2007 und „Fanmeile 2006" wird es 2008:

JO-GEIL!

Statt Jogi, eben Jo-Geil! Da gibt es auch einen roten Faden von „Schwarz-Rot-Geil" vom WM-Jahr 2006!

Für mich gibt es nach dem EM-Gold im Sommer 2008 keinen Zweifel: Jo-Geil wird das Rennen machen und das meist zitierte Wort des Jahres 2008! Das wäre auch mal was Neues: Ein „komischer" Ausländer bastelt das Wort des Jahres, oder? .

Bist du da einer Meinung?

Frauen und Fußball – 2 unkompatible „Wesen"?

Was sind das für wunderbare Schöpfungen – der liebe Gott hatte wirklich einen guten Tag erwischt, als er die Frau schuf! Was wären unser Leben ohne die?.

Wir Männer müssten dann z.B. auf Äusserungen wie „ nimmst du bitte meine Lieblingsschale und stellt sie auf den Tisch?" verzichten. Schwer vorstellbar, ein Leben ohne eine Lieblingsschale!. Mir war gar nicht klar, daß man eine Lieblingsschale haben kann. Ich habe einen Lieblingsfilm, Lieblingslied, Lieblingsverein. Aber Schale?? Sie könnten den ganzen Regenwald der Erde abholzen, und aus dem Papier darüber Bücher schreiben, warum Frauen Lieblingsschalen haben – ich würde es immer noch nicht mal im Ansatz verstehen! Das könnte entweder an fehlendem Intellekt liegen oder einfach daran, daß wir anders ticken.

Oder wir müssten verzichten auf die Einkaufszettel, wenn wir in den Supermarkt gehen. Ich als Mann vertraue voll auf meine Fähigkeit, mich an das Wesentliche zu erinnern, Frauen aber schreiben alles auf. Bei mir geht das zwar immer schief, ich vergesse an guten Tagen etwa die Hälfte und an schlechten Tagen 2/3 aber ändern tue ich mein Verhalten nicht! Warum auch – ich bin jetzt 40 und bis bisher damit gutgefahren.

Aber Spass bei Seite, sie haben definitiv was, was wir Männer nicht oder nur in geringem Maße haben. Mein 6-jähriger Sohn geht immer zur Mutter, um ihr „was" zu erzählen.

Beim Fußball aber trennen sich die Geister. Wenn meine Frau z.B. EM-Qualifikationsspiele der dänischen Mannschaft nicht im Auge hat, wenn sie irgend was plant, das ist das allerletzte! Oder gerade in den letzten 5 Minuten eines entscheidenden Spiels beim Stande von 2-2 unsere Urlaubspläne besprechen will – dann ist das keine optimale Einstimmung auf einen schönen Urlaub! Und wenn das 2-3 dann fällt in der 92. Minute, dann fällt auch der Kommentar „Ist ja nur Fußball" seitens meiner Frau. Klasse!

Im Buch „Aus der Tiefe des Traumes" heisst es „Ihre (die der Männer) – oft eingeschränkte Gefühlswelt entlädt sich dabei auf eine Weise, die Frauen meist rätselhaft bleibt. Wenn es um Ab- und Aufstiege geht, wenn herrliche Tore gelingen oder beste Chancen vergeigt werden, schämen sich selbst hart gesottene Männer ihrer Tränen nicht". Eben. Ich habe keine Ahnung, wie wir Männer die Frauen erklären, daß Fußball wichtig ist. Ich versuche seit knapp 20 Jahren – ausgesprochen erfolgslos. Hast du einen Tipp für mich? Bist du da weiter gekommen? Auch nicht, okay dann lassen wir es.

Wir könnten – rein theoretisch – auch den Ansatz der Frauen annehmen, daß Fußball nicht so wichtig ist, aber dann könnten wir uns selber nicht in den Spiegel schauen.

Aufbauende Zitate zum Schluss

Wie sagte doch Bertold Brecht: „Der große **Sport** fängt da an, wo er längst aufgehört hat, gesund zu sein". Auch da hatte er nicht ganz Unrecht der grosse Denker, aber egal, im Sofa wird mir kaum was passieren!

Und jetzt ein Zitat, das meine Meinung völlig zutrifft: „Eines der Probleme beim Fußball ist, daß die einzigen Leute, die wissen, wie man spielen müßte, auf der Pressetribüne sitzen". Und im Sofa zu Hause, wenn ich ergänzen darf!

.

Robert Lembke (1913-89), dt. Fernsehmoderator u. Journalist, 1949-60 Chefredakteur u. Fernsehdir. Bayer. Rundfunk.

Liebe Männer: Folgt dem Rat von Einstein, bleibt dem Fussball treu – gerade im Juni 2008 – und vergesst den hoffnungslosen Versuch, ein „Frauenversteher" zu werden. Doch, wir brauchen sie sehr uns sie uns, das steht ausser Frage, aber die Illusion sie 100% zu verstehen gebe ich mir nicht mehr hin. Wie sagte doch Einstein:

„**M**anche Männer bemühen sich lebenslang, das Wesen einer Frau zu verstehen. Andere befassen sich mit weniger schwierigen Dingen z.B. der Relativitätstheorie". !

Freud ging es ähnlich: „Die große Frage, die ich trotz meines dreißigjährigen Studiums der weiblichen Seele nicht zu beantworten vermag, lautet: ‚Was will eine Frau?'

Abrundung

Bei der WM 2006 habt ihr mit Abstand den attraktivsten Fussball gespielt, immer und schnell ging die Post nach vorne ab. Das war gut so. Im Halbfinale gegen die „Squadra Azzurra" habe ich mit euch gezittert, genutzt hat es aber nichts. Den Final-Tag und die Final-Nacht habe ich dennoch in Berlin mit einem Kumpel verbracht. Früh aufgestanden, um etwa 8.30 in Niebüll in den Zug gestiegen (nein, DB streikte an diesem Tag wirklich nicht!). Um 13.30 waren wir am Hauptbahnhof, der einer Festung glich. Noch nie habe ich so viel Polizei an einer Stelle gesehen. Um 15 Uhr waren wir vor dem olympischen Stadion und wollten Karten auf dem Schwarzmarkt ergattern. In der Theorie eine durchdachte Sache, in der Praxis kindisch naiv! Es wäre viel einfacher gewesen in Köln jemanden zu finden, der Altbier bestellt! Das Gleiche wollten zig-tausende Menschen und die einzige Transaktion, die wir beobachteten, waren 2 Karten für je 1500 Euro! Käufer: 2 Briten. Respekt, das eigene Land nicht dabei und dennoch 1500 Euro hingeblättert – echte Fans eben!

Egal, auf dem Brandenburger Tor mit 1 Million Menschen ein WM-Endspiel gucken, das hat doch auch was! Vielleicht fahre ich am 29/6 2008 wieder hin um mit euch den Finalsieg zu feiern! Gibt es auch 2008 Public Viewing am Brandenburger Tor?

Für den Sommer 2008 bereite ich mich auf schöne Grillabende vor: Reichlich Coco-Cola light, Rittersport einkaufen, meinen edlen Cobb Grill anschmeissen, ein paar Kumpels einladen, dann kann nichts mehr schiefgehen!
Ich stehe hinter euch, ihr drücke euch die Daumen, ich freue mich schon auf die Bilder von Löw samt Team mit Trophäe bei der Kanzlerin.

Denn „am Ende gewinnen die Deutschen, und zwar verdient"!

Wetten?

Machs gut

Troels Klausen

Hobbyautor, verschmähtes Riesentalent und Fan des deutschen Fussballs!

PS1: Ich spende übrigens 15% meines Gewinnes an „die Tafeln" (www.tafel.de). Warum? Weil es mir sehr gut geht, manchen anderen nicht, und da ich seit Jahren mit und von den Deutschen lebe, ist das das Mindeste.

PS2: Über eure Kommentare zum Buch im Weblog auf www.ichmageuch.dk, „...und zwar verdient" würde ich mich sehr freuen. Oder auf info@incresco.dk. Schreibt mich, bitte!

Hinweis: Auf www.ichmageuch.dk , „...und zwar verdient" schreibe ich vor und nach jedem EM-Spiel Deutschlands einen Kommentar – guckst du vorbei?

Quellen:

„Leidenschaft am Ball" vom DFB

www.fussball-em-total.de

www.dfb.de

www.fusballdaten.de

Widmung:

Ich widme dieses Buch den vielen Juris bei euch. Ich bin im Januar auf einer Messe in Düsseldorf Juri begegnet. 55 Jahre, Russlandsdeutscher, verheiratet, 3 Kinder. Lebt seit 20 Jahren in Deutschland, arbeitet seit Jahren als Wachmann bei der Messe. Die Firma uns gegenüber hatte Juri „gemietet", also kam er jeden Tag um 17.30 mit seiner kleinen Tasche, und morgens wenn wir um 8.30 kamen, war er immer noch da. Die ganze Nacht einfach sitzen und aufpassen. Schlafen ist dann vormittags und nachmittags. Der Juri kann auf jeden fall nicht gemeint sein, wenn Manager sich „flexiblere" Arbeitszeiten wünschen.
Ob Juri gejammert hat? Gar nicht, „ich bin zufrieden, ich habe Arbeit, viele anderen nicht" meinte er. Ein positiver Typ. Seinen Lohn kenne ich nicht, aber er wird bescheiden sein, wie viele Löhne bei euch. Den Nachtzuschlag sagte er mir aber, + 5 % von 22 Uhr bis 6 Uhr. Ein absoluter Witz!

Harte Arbeit, wenig Lohn, ich weiß, diese Konstellation ist bei euch verbreitet. Das sind meine Helden, sie haben meine ungeteilte Sympathie, die Juris, denn sie halten „den Laden" jeden Tag aufs Neue zusammen. Vielleicht sollten wir alle, die auf der Sonnenseite leben, uns ein wenig mehr Mühe geben, die vielen Juris nicht zu vergessen ?.